もくじ

なまめかし

奈良・平安の文学と日本のこころ

加藤 要

駒草出版

第三章　闇のうつつ〈愛の民俗〉

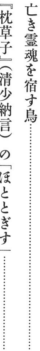

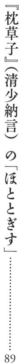

第四章　月は無情か〈月の民俗〉

第五章 酒なくて、何のおのれが桜かな〈桜の民俗〉

第一章 触らぬ神に祟りなし〈鎮魂の民俗〉

序

現代に生きる日本人の日常的な言葉や動作など。それは長い年月を経て築かれたものですが、なぜそうなったのでしょうか。私達はそんなことに無頓着に生きているように思います。

そこで、私達日本人が忘却の彼方に置き忘れた、日本人の「心」とでもいうもの、あるいは、日本に脈々として伝わるものを考えたいと思いました。

『万葉集』や『古今和歌集』などには、主に奈良・平安時代から伝承されている民俗などが残されています。そこで、本書では、そうした歌を基に考察してみたいと思います。

なお、本書に記載の「当時」とは、主にこの奈良・平安時代を指しています。

一　「神の祟《たた》り」とは

「触らぬ神に祟りなし」は、「物事に関係しなければ、禍を招くことはない」あるいは「余計なことに手を出すな」という意味で、教訓のような言葉です。その背景には、神に祟りがあり、その祟りが恐ろしいという、当時の日本人の「心」があったのです。現代の私達は、神が恵みや幸運などをもたらすものと考え、受験の際には合格などを祈願しています。その神が祟るとは、考えもつきません。

ところが、この「触らぬ神に祟りなし」という言葉を実感する場面があります。ある二人の言い争いや喧嘩などに遭遇した時など、仲裁に入るかどうか迷い、その争いに巻き込まれるのは厄介《やっかい》だと考えることがあります。つまり、仲裁せずにそっとしておくという場合です。

その他の方法として、仲裁に入って二人をなだめ、機嫌をとるというケースが考えられます。神の祟り、つまり、神の怒りには、そっとしておく、あるいは祭ることで、機嫌をとるという対処の仕方があるのです。

では、神は日本人の心にとってどのようなものであったのでしょうか。

当時（主に奈良・平安時代。以下同）の人は、人間の及ばない超自然的な存在として、神を崇《あが》めていたのです。ところで、神が崇るとは、どういうことでしょうか。

日常生活の中でも、夫が頭の上がらなくなった妻を「山の神」と冗談に言うこともあります。山の神は本来、山を支配する神のことです。神は、慈悲深いところもあるし、怖いところもあるのです。

さて、「触らぬ神に祟りなし」の言葉が表す意味内容から、神について考えてみましょう。

この場合、神は物事、つまり、一切の物事を指しています。事実、当時の人は、神を「八百万《やおよろず》の神」と言って、一木一草すべてを神と考えていました。つまり、自然に存在する、あらゆるものを神として崇め祭ったのです。そして神には、さまざまな意味合いがありました。

当時の人は、「天地創造の神」というように、人間の及ばないことができる神から草木・動物、風や雨などの無生物に宿る精霊までをも神として意識していました。精霊は、動植物から風などの無生物までのすべてのものに宿る魂のことです。

人は風が吹けば、風の精霊、雨が降れば、雨の精霊、樹木が生い茂れば、樹木の精霊、花が咲けば、花の精霊というふうに、それぞれの精霊が活動していると感受して、それらを神と言っていました。雨が降らず旱魃《かんばつ》になると雨の精霊、つまり雨の神に雨乞いの儀式を行ったのです。

当時、人は神を日本の神話に登場する「天つ神」や「大国主命《おおくにぬしのみこと》」などに象徴されるように、超人的な存在であり、人間に脅威を与える存在と考えていました。

雷の神について、清少納言の『枕草子』に、

いとちはやぶるかみなり。かきくらし雨降りて、かみいと恐ろしう鳴りたれば

（『枕草子』九九段）

とても、荒々しい神である。空を一面に暗くし、雨が降って、雷がとても恐ろしく鳴り響いたので。

とあります。雷神は、人間に恵みの雨をもたらすとともに、脅威を感じさせる存在でもあったのです。神の霊魂が外に立つことは祟る、つまり、神の怒りを意味します。神の霊魂が本来あるべき内面から遊離して、怒った状態になると、霊威が人間に災難などをもたらすのです。これが祟るということです。

当時、人は火山爆発・地震・豪雨などの自然災害や、争い・火災などの社会的災害に遭遇した時、それらを神の祟りと思い、その怒りを鎮めるために、供え物をして祭ったのです。つま

り鎮魂の神事を行ったのでした。

いそのかみ　古《ふ》りにし恋の　神さびて
たたるに我は　いぞ寝かねつる

（『古今和歌集』一〇二二）

（年月が経って）古くなった昔の恋が神々しく思われて、祟るので、私は寝ることができなかった。

愛しい人との過ぎ去った恋が神々しく思われて、眠ることができなかった気持ちを詠んだものです。これも神からの悪い報いを受けた祟りと思い、悔恨しているのです。

「いそのかみ」は、「古り」にかかる枕詞で、本来、大和の国の地名でした。「神さびて」とありますが、当時、人は「神さぶ」と言うと、祟るという言葉を連想しました。

この「神さぶ」の意味については、二つの解釈があります。

一つめは、「さぶ」が「らしいようだ」の意を表すことから、神らしく振る舞う、あるいは神々しくなる、とする解釈です。神が神らしく振る舞うということは、神が霊威を外に示しているということです。祟るの字は、「出る」の出と「示す」の示で成り立っています。

また、「さぶ」を動詞と考えると、「神の心が荒れている」という意味にも捉えられます。つまり、神は、霊威を外に示して祟ることで、そこに神の意志、あるいは怒りを表に表すということです。神さぶは、神の霊威が外に示され、輝いているという意味に考えられる場合もあります。

天地の　分れし時ゆ　神さびて　高く貴き
駿河なる　富士の高嶺を　天の原
振りさけ見れば

（『万葉集』三一七・長歌の一部）

天と地が分かれた（神代の）時から、神々しくて高く貴い駿河の富士の高嶺、大空はるかに振り仰いで見ると。

この歌の「神さびて」は、神々しく輝いている富士の美しさを詠んでいます。
神は、慈悲深いところと恐ろしいところをもっています。『万葉集』の巻頭歌で、雄略天皇は、若菜摘みをする娘に「籠《こ》もよ　み籠《こ》持ち　ふくしもよ　みぶくし持ち　この岡に　菜摘ます子」と歌いながら、「私の方から家も名前も打ちあけよう、あなたも家も名前も告げなさい」と、とても優しいのです。ところが、雄略天皇は、自分の地位を脅かす者がいると、残虐非道な所業をして、敵とみなした者を殺してもいるのです。

当時の人は、慈悲深い面と恐ろしい面を備えているのが神と考えていたのです。

二　「枕」に籠められた意味とは

では、神や人の「霊魂」、あらゆるものの「精霊」は、どこに現れるのでしょうか。そこで、人の霊魂の象徴として「幽霊」で考えてみます。

幽霊は、どこに現れるでしょうか。大体、寝ている人の枕元に現れますね。

例えば、『源氏物語』の中で、六条御息所《ろくじょうのみやすんどころ》は、光源氏への思慕の思いが断ち切れずに、幽霊（生き霊）になって、光源氏と夕顔の君が「枕を交わす」（男女が共寝をする）枕元に現れて、夕顔の君を取り殺す場面があります。夕顔の君は日頃から弱々しい気性であったので、驚愕のあまり気を失い、そのまま亡くなったのです。

では、幽霊（生き霊）はなぜ、枕元に現れるのでしょう。
幽霊は、寝ている人の布団などの下の方には現れません。また、寝ている人の顔が見えるから、枕元に現れるのではありません。落ち着くべきところである、枕に引き寄せられると考えられます。
当時の枕は箱枕です。円柱を横にした鼓のような形で、中は空洞で丸いものです。霊魂は、空洞で丸いものに宿ると、静かで安定した状態になります。そこで霊魂は枕に宿る、あるいは籠るのです。天皇の御陵（お墓）が前方後円墳、あるいは、ひょうたん形をしたものが多いのもこうしたことが理由と考えられます。

しきたへの　枕とよみて　寝ねらえず
物思ふこよひ　早も明けぬかも

（『万葉集』二五九三）

枕の音が鳴り響いて、眠れない。もの思いに耽る今夜は、早くも夜が明けないかなあ。

「しきたへの」は、「枕」にかかる枕詞です。
これは、愛しい人との恋をあれこれと考えて眠れずに、寝返りで枕が軋み、いたたまれない思いで動揺している様子を詠ったものです。
枕には愛しい人を思う心、言わば霊魂が籠っているのです。枕の軋む音は、動揺する霊魂を具象化しています。
この女性は枕の軋む音を、愛しい人の霊魂の囁きと感受して、もの思いに耽っているとも考えられます。

わが背子は　相思はずとも　しきたへの
君が枕は　夢に見えこそ
（『万葉集』六一五）

あの人は、私のことを思っていなくても、あなたの「霊魂」の籠る「枕」は、夢に現れて欲しい。

「しきたへの」は、枕にかかる枕詞です。「わが背子は」の背子は、女性が夫、あるいは愛しい人などに親しみをこめて呼んだ言葉です。「相思はず」は、男性女性のどちらも相手を思っていない、あるいは、男性女性のどちらかが相手を思っていない、という意味です。この歌では、愛しい人は、私のことを思っていないが、私は愛しい人を恋い慕っているということです。
「君が枕は」の枕は、言わば、愛しい人を象徴しています。

当時、人はあらゆるところで、身体（肉体）と心（霊魂）が分離すると信じていました。この考え方が当時の人の心の根幹にあると考えられます。夢の場合も、相手がこちらのことを思っていると、夢の中に相手の姿が現れ、反対の場合は、相手の夢の中に自分の姿が現れると信じたのです。

この歌では、愛しい人は私のことを思っていない。しかし相手の霊魂が籠る枕は、夢に現れて欲しいと望んでいます。つまり、愛しい人の枕が夢に現れれば、私のことを心から思っていると考えたのです。

当時の人は、夢に運命的な影響を受け、夢に切実にすがる心情があったのだと汲み取れます。現代でも、愛しい人を思って寝た夜、夢にその人が現れることがあります。

二―一　「枕交わす」とは

「枕交わす」とは、男女が共寝をすることで、契りを結んだということです。それと近い意味合いを表す言葉として、膝枕があります。今でもこの言葉は使われていますが、親子、あるいは男女が膝枕をすることで、心を交わしていたことを表しています。
さて、男女が枕を交わして、心の温もりを感じ合ったのに、次のような歌を詠んだ女性もいます。

つらからば　人に語らむ　しきたへの
枕交はして　一夜ねにき
（『拾遺和歌集』一一九〇）

（愛しい人の訪れが間遠になって）思い遣りがなく冷たいと思うなら、人に話したい、愛しい人と共寝をして、一晩、寝たと。

当時の人は、愛しい人が女性の許に訪れもしない、あるいは、訪れても薄情な様子で振る舞ったとしても、その原因は女性にあると思っていました。
しかし同時に女性としては、心から契り合った愛しい人が冷たいと思ったら、他の人には「愛する人とは今でも枕を交わす仲ですよ」と言いたい。心のどこかで愛しい人との、愛の証を待ち望んでいたのです。また、枕交わすと同じ意味合いを表す言葉として、「枕をまく」という言葉もあります。

しきたへの　枕をまきて　妹と我と
寝る夜はなくて　年ぞ経にける
（『万葉集』二六一五）
互いに枕を交わして、愛しい人と寝る夜はなくて、年月が過ぎてしまったなあ。

「枕をまきて」は、互いの枕を枕にして寝ることで、互いに枕を交わす、つまり男女が共寝をするという意味です。

この男性は、愛しい人と枕を交わす事もなく、恋心を抱いたままで、空しく年月が過ぎてしまったと、いまさらのように悔いたのです。

二―二「枕片去る」とは

さて、当時の結婚は、男性が女性の許に通って行く「通い婚」でした。言わば「婿取り婚」です。男性が女性の許を三日間、あるいは数日間通い続けて、初めて女性の親や親族に婿として認められ、女性の親が結婚の披露をしました。そのことを「所顕《ところあらわ》し」と言います。通い婚ですので、男性が契りを結んだあと、女性の許を訪れて来ないと、女性には、通って きて欲しいという心情があります。ところが、女性は、それを露わに男性に言うことができません。そこで女性は、男性が通って来るのを待つために、枕を寝床の片側に寄せて寝たのです。これを「枕片去る」と言います。女性は、男性の霊魂が枕に依ってきて宿る、つまり、男性が通って来ると信じていたのです。次のような歌もあります。

そこらくに　思ひけめかも　しきたへの
枕片去る　夢に見え来《こ》し
(『万葉集』六三三)

それほどまでも、あなたは私のことを思っていたのだろうかなあ、共寝をしたあなたの枕を床の傍らに寄せて、独り寝をした夜の夢にあなたの姿が現れてきたよ。

詠み人の女性は、「枕片去る」の風習を行なったので、夢に愛しい人の姿が現れたと思ったのです。また、愛しい人の訪れのない夜離《よが》れを怨みながらも思っているのです。

二ー三「枕定む」とは

また当時、人は寝る時に枕を置く方向、つまり頭の方向によって、愛しい人の姿が夢に現れると信じていました。そのように頭の方向を決めることを「枕定む」と言います。

よひよひに　枕定めむ　かたもなし
いかに寝し夜か　夢に見えけむ

（『古今和歌集』五一六）

どの晩にも、枕の方向を決める方法もわからない。どのように寝た夜に、愛しい人が夢に現れただろうか。

かつて女性は、愛しい人の姿が夢の中に現れて欲しいと思いながら、枕の方向を決めるのに途方に暮れたのです。

当時、愛しい人の訪れを待つ女性達は、同じ思いでこの歌を受けとめました。また、これは愛しい人が夢に現れることを願望した、一種の「招魂」でもあったのです。

この「枕定む」と同じ意味合いの風俗が今でもあります。人が亡くなると、人は死者の枕を北枕にします。仏教では、釈迦が涅槃《ねはん》の時、北を頭にしたことに倣って、死者の頭を北向きにして寝かせるのです。また、枕には死者の霊が籠っているため、枕を北向きに置くと考えます。そして、亡くなった人の枕を北向きに変えることを「枕返し」と言います。

かつて、枕は寝具としてだけではなく、寝る人の霊魂が籠ったものであり、愛しい人などの霊魂を引き寄せるものでもあったのです。そして人はあらゆるところで、人間の肉体と霊魂は分離すると信じていたのです。

三　霊魂とは何か？

当時、人は霊魂をどのように考えていたのでしょうか。霊魂はたましい（魂）のことでありますが、実は、「たま」のことです。たましいは、たまが活動している状態です。

現代では、霊魂というと、亡くなった人の霊魂と思いますが、当時の人は、生きている人の霊魂もあると考えていました。つまり霊魂は、亡くなった人の「死に霊」と生きている人の「生き霊」の両方を表したのです。また、当時の人は、たまが自然界のあらゆるものに存在すると思っていました。そしてそれらの魂を精霊と呼びました。

例えば当時の人は、風が吹いて、木々ががさがさと葉音を立てると、風の精霊が動いて、木の精霊がそれに応えたと考えたのです。

では、人はいつ、霊魂を感じるでしょうか。夜です。当時、人は霊魂が肉体から遊離して、夜に誘い出されると考えたのです。人は暗闇の夜に歩いていると、後ろから誰かが追って来たかと思って、何となく嫌な感じがします。そういった時、当時の人は精霊がいると思ったのです。

また、人の内部にある霊魂には、二つの種類があると考えられていました。一つは人が本来、内部に備えている魂、つまり「内在魂」です。もう一つは、外部にある霊魂を内部に取り入れた霊魂、つまり「外在魂」です。

例えば、現在でも、髪に挿す簪《かんざし》というものがあります。当時の人は、植物の花や葉などを簪として髪に挿しましたが、これは単に花や葉などが美しいから髪に挿したわけではないのです。

実は、植物の花や葉などが持つ生命力、言わば、外在魂を自分の内部に取り入れるために、髪に挿したのです。

また当時、人は、肉や野菜などを食べると、肉や野菜などの持つ生命力、言わば、外在魂を自分の内部に取り入れたと考えました。

このように、人が外在魂を自分の内部に取り入れることを「魂振り」と呼びます。そして人は、霊魂が肉体から抜け出ないために、霊魂を鎮める「魂鎮め」（鎮魂）の神事を行いました。

人は亡くなると、霊魂が肉体から抜け出ると思われていました。その抜け殻の状態を、死と考えたのです。そこで人は、抜け出た霊魂を肉体に戻すために、魂鎮めの法事をしたのです。

例えば、貴人が亡くなった場合、亡き骸を埋葬するまでの間、「あらきの宮」に安置しました。亡き人がいつ生き返るかもわからないため、「仮の喪」という期間をもうけていました。これは霊魂が肉体から出たり入ったりするため、霊魂をもう一度、肉体に戻すために行う魂鎮めの神事です。

当時の人は、遊離した霊魂が元の肉体に戻れば、人は生き返るのだと信じていたのです。現在でも、寺院や自宅などで、四十九日の法事を行なうのは、亡き人の霊魂が肉体に戻ることを願う鎮魂の風習であると思われます。

三―一　霊魂のうら荒《さ》ぶ

当時の人は、神や人などの霊魂が内部から遊離して、霊威を外に示すのを鎮めるために、魂鎮めをしました。人は、神や人などの霊魂が本来、あるべき内部から遊離しているため、落ち着かずに、神や人などの霊魂が荒《すさ》んでいると考えたのです。つまり、霊魂の「うら荒《さ》ぶ」です。「彼はこの頃、荒んでいる」などのように、「荒む」という言葉は、今でも使われています。つまり、うら荒ぶは、心が荒れていることです。「うら」とは、心のことです。

楽浪《ささなみ》の　国つ神の　うらさびて
荒れたる京　見れば悲しも

（『万葉集』三三）

楽浪の国の神の心が荒んでいて、荒れている都を見ると、悲しいなあ。

「国つ神」は、「天つ神」に対して、土地の神のことで、言わば、土地の精霊のことです。

当時の人は、楽浪の土地の精霊が本来あるべき土地から遊離して、彷徨《さまよ》っているので、荒れている都になったと考えたのです。土地の精霊は、荒れている都で、霊威を外に示したのです。土地の精霊は、祟るのです。人は、「都が荒れている、土地の精霊が意志を示したのだ」と考えました。そこで人は、土地の精霊の祟りなので、土地の精霊を鎮めるために「魂鎮め」を行なったのです。それを「祭る」と言います。

うらさぶる　心さまねし　ひさかたの
天のしぐれの　流れあふ見れば
（『万葉集』八二）

心さびしい気持ちが一杯に広がって来る。空から時雨が降り合っているのを見ると。

「うらさぶる」（うらさぶ）は、心細く感じる、あるいは、心さびしく思うという意味です。「さまねし」は、たび重なる、あるいはしきりである、という意味です。「ひさかたの」は、天にかかる枕詞です。

人は秋から冬にかけて、降ったり止んだりする時雨が空から流れ合うように降る様子を見ると、いつの間にか、心寂しい気持ちになったのです。これは人の霊魂が、空から流れ合うように降る時雨の様子に奪われて、彷徨っていたことを示しています。そしてそのあとには、胸一杯に寂しい気持ちが広がりました。これがつまり、うら荒ぶです。うら荒ぶは、霊魂が本来、あるべき内部から遊離している状態で、落ち着けずに心寂しく感じる、ということなのです。

三―二「恋」にさまよう

思ひあまり　出でにしたまの　あるならむ
夜深く見えば　魂結びせよ

（『伊勢物語』一一〇段）

恋しい思いに堪え切れなくなって、わが身を抜け出ていった魂があるのだろう。夜中近くに見えたならば、魂結びをしてください。

この歌は、ひそかに通う女性のいる男性が詠んだものです。

人目を忍ぶ逢瀬のため、男性は女性の許に訪れることが少なかったのです。そこで女性は、「あなたが私のことを思っているので、あなたの姿が夢に現れた」と言うことで、「今宵、おいでになってください」と暗に言ったのです。

男性は、魂が恋焦がれて肉体から抜けて出て行き、夜深い頃にあなたの許に現れたら、私だと思って魂を結び留めて欲しい、と詠んでいます。当時は「魂結び」の信仰があったのです。

男性は女性の許を訪れたいと思っても、夜深い時刻で、訪れることができないので、せめて魂が夜深くに現れたら「魂結び」をして欲しいと、誂《あつら》え望んでいるのです。

つまり、男性が女性の言葉を巧みに受け止めて、軽妙に応えた歌です。当時は、生きている人でも、霊魂の遊離があると考えられていたためです。

もの思へば　沢の蛍も　わが身より
あくがれ出づる　魂かとぞ見る

（『後拾遺和歌集』一一六二）

恋に思い悩んでいると、沢に飛んでいる蛍の光も、私の身から彷徨い出る魂かと見る。

この歌の詞書《ことばがき》に、

男に忘れられて侍りけるころ、貴船にまるりて、みたらし川に蛍の飛び侍りけるを見て詠める。

男に忘れられました頃、貴船神社に参拝して、御手洗川に蛍が飛んでいましたのを見て、詠んだ(歌)

とあります。

「魂」(たま)は、「蛍」の光の「玉」を掛けています。これは、感性の歌です。愛しい人は、もう、訪れもないと思い悩んで、闇夜に飛ぶ蛍の、青白く点滅させる光がわが身から抜け出た魂であると、空《うつ》ろな思いを吐露しています。

四　神霊の宿るもの

玉葛《たまかずら》　実ならぬ木には　ちはやぶる
神ぞつくとふ　ならぬ木ごとに
（『万葉集』一〇一）

実のならない木には、荒々しい神が依り付くという、実のならない木には、どの木にも。

「玉葛」は、「実」にかかる枕詞です。当時、実のならない木は空ろなもので、「ちはやぶる神」の霊魂が依り代としていました。そこで、当時の人は、荒々しい神の霊魂を鎮めるため、祭りを行いました。

実のならない木はどの木でも神が依り代にしているので、神木として大切に扱ったのです。この歌の木は、榊の木です。榊も神霊が依り代にした木であると考えられていたのです。

実はこの歌は、次のような意味合いをもって詠まれたものでした。

「私がいくら言い寄っても、なびかない『あなた』は、実のならない『木』のようです。この木は『神』が依り代にしているので、今に『神』の『祟り』がありますよ」と、男性が女性を脅して、自分になびかせようとしたのです。

参考までに、次の歌は、神を祭るために、「神迎え」を詠んだ長歌の一部分です。

ひさかたの　天の原より　生《あ》れ来《き》たる
神の命《みこと》　奥山の　賢木《さかき》の枝に　しらかつけ　木綿《ゆふ》取りつけて
（『万葉集』三七九の長歌の前半部）

高天原から生まれ現れて来た神の命よ、奥深い山の榊の木の枝にしらかを付け、木綿を取り付けて（お待ちしているのです）。

五　鎮魂の方法

たましひは　あしたゆうべに　たまふれど
吾が胸痛し　恋のしげきに
（『万葉集』三七六七）

魂は、朝な夕なに何時も、あなたと行き逢っていますが、私の胸は痛い。恋い慕う気持ちの甚だしいために。

「たまふる」は、二つの言葉に解釈できます。「たまふれ」（たまふる）は、「魂触る」という ことで、魂が出会う、あるいは魂が関係する、という意味です。つまり、魂が逢って、契り合っているということです。当時の人は、恋心や恨みなどの思いが強いと、魂が身体から遊離して相手のところに通って行くと信じていたのです。

この歌で、魂は朝な夕な、いつも逢っていますが、あなたを恋い慕う思いが甚だしいため、私の胸は痛い、と嘆息をもらしたのです。つまり、愛しい人の訪れを待ち焦がれていて、逢いたいと思う恋心は、鎮めることができなかったのです。

また、たまふるは、次のように解釈することができます。たまふれ（たまふ）は、「受く」の謙譲語で、いただく、という意味です。「たましひは　あしたゆうべに　たまふれど」は、「あなたの心を、朝な夕なに、いつも、頂いて感じているが」という意味になります。この解釈ですと、私は、愛しい人を恋い慕っているのに、魂は愛しい人のところに通っているのか、それが読み取れないと考えます。

五—一　手向《たむ》け

さて、当時の人は山を越えて行く時、山道などの険しい箇所で、苦しい思いをしていました。そこで人は難儀をしたところには、恐ろしい神がいるので、神の霊魂を慰めるため、供え物を差し上げて祭ったのです。つまり、「手向け」をして、「魂鎮め」(鎮魂)をしたのです。すると、荒んだ神の霊魂が落ち着くと考えていたのです。

神や仏に供え物をすることを「手向け」と言います。人が荒んだ神のいる土地を通ると、災難に遭います。

神は、土地にいる精霊のことです。そこで人は、恐ろしい神に供え物をして、旅の無事を祈ったのです。

現代でも、峠や坂の上などに、旅の無事を祈って「幣《ぬさ》」などを供える道祖神があります。つまり、手向けの神は、道祖神のことです。

道祖神は、賽《さい》の神とも言います。賽の神は元々、峠や村境で、外からの悪霊や疫病などの侵入を防ぐ神でした。

それ故、今でも人は、賽の神に供え物をして祭っているのです。

このたびは　幣《ぬさ》もとりあへず　手向山《たむけやま》
もみぢの錦　神のまにまに

（『古今和歌集』四二〇）

今度の旅は、供え物の幣も間に合わない。手向山の美しい紅葉の錦を、神の御心のままに幣として。

「このたび」は、「この度」と「この旅」の掛詞です。「手向山」は、手向けの神が祭られている山と手向けるという意味を掛けています。幣は、神に祈る時に差し上げるもので、麻・木綿《ゆう》・布・紙などを細かく切ったものです。「とりあへず」の「とりあへ」（とりあふ）は、前もって用意する、という意味です。「神のまにまに」の「まにまに」は、のままに、という意味です。「紅葉の錦」は、紅葉の美しさを錦にたとえています。

当時、人は、旅の道すがら手向けの神を祭った山がある場所を知っていたと思われます。

この歌は、今度の旅は、急いで旅立ったので、供え物の幣も用意できませんでしたと、手向け山の神にお詫びの言葉を申し上げているのです。そして、奇抜な着想で、手向け山の神の霊魂の宿った美しい紅葉を供え物として差し上げたのです。

熟田津《にきたつ》に　船乗りせむと　月待てば
潮もかなひぬ　今は漕ぎ出でな

（『万葉集』八）

熟田津で船出をしようと、月の出を待っていると、潮も満ちてきた。月も満月になった。さあ、今は、漕ぎ出そうよ。

斉明天皇が熟田津にいらっしゃった時、「御船伊予の熟田津の石湯《いわゆ》の行宮《かりみや》に泊《は》つ」と、この歌に補足する言葉が書かれています。熟田津の岩湯と書かれているので、熟田津は、岩の間から湯が出てきた場所だったのです。

当時の人は、湯を水と同じように禊《みそ》ぎとして使っていました。また、湯は「斎」という言葉と「ゆ」音の音通で、神聖なものと言う人もいます（「斎」（ゆ）は、接頭語で、神聖・清浄の意を表す。斎屋《ゆや》など）。当時、人は、熟田津が神聖な場所であると考えていたのです。

また、当時は、海賊の出現、荒海などで舟の旅路が恐ろしく、命の危険を伴うものと考えられていました。人はふだん、穏やかな海が、海上での激しい風によって荒れ狂う浪などを見ると、海の神の怒りだと思って、荒れている霊魂を鎮めるために祭りを行ったのです。

この歌は「潮も満ちて、海は穏やかで、月は満月で、如何にも、海の神を祭るのに相応しい、美しい情景である。さあ、海上に船を出そう」と、高らかに歌っています。これは、額田王《ぬかたのおおきみ》が天皇の代わりに、海上の儀式で詠んだものです。

また、この歌は、天皇の一行が朝鮮征伐に行くため、熟田津から船出をする時、額田王が天皇代わりに詠んだと言う人もいます。海の航路の安全を守る神を「わたつみの道触り」の神と言います。

わたつみの　道触《ちふ》りの　神にたむけする
幣《ぬさ》の追ひ風　やまず吹かなむ

海の道触りの神に供え物にする「幣」の追い風が止まずに吹き続けて欲しい。

（『土佐日記』）

当時の人は、海の航路と安全を守る「道触り」の神にも幣を供え物にしたのです。

そして、航海が順調に進むために供えた幣の追い風が止まずに吹いて欲しいと、風の神に誂え願ったのです。幣の追い風がいつまでも吹けば、乗る舟が船着き場に早く、安全に到着することができると思っていたというわけです。

供え物にした幣には、祈願した人の魂が籠められていたのです。手向けは魂結びでもありました。

五ー二　「頭」を撫でる

ところで、私達は幼児が駄々をこねて泣き出すのを、親がなだめているところを見ることがあります。これも一種の鎮魂でしょう。幼い児はしばしば、怒って泣き出します。これは幼い児の心、言わば霊魂が、本来あるべき内部から遊離して、霊威を外に示して、怒って泣き出したのだと考えられます。そこで親は、幼い児の心を落ち着かせるため、頭などを撫でながら、なだめます。泣き出した幼い児の心を揺すって、鎮めようとするのです。親はこの時、「魂振り」と「魂鎮め」を行なっているのです。

父母が　頭かき撫で　幸《さ》くあれと
いひし言葉《けとば》ぜ　忘れかねつる

（『万葉集』四三四六）

父母が頭を撫でて、無事であれと言った言葉が忘れることができなかった。

「言葉」は、東国地方の方言で、「けとば」と読みます。

この歌は、東国地方から徴発されて、筑紫・壱岐など、北九州で国境の防備に派遣された兵士が詠んだのです。これを防人《さきもり》の歌と言います。

遠く、見ず知らずの北九州の地で、国境の警備に赴いて、再び故郷の地を踏むことができるのかと、不安や寂しさなどで、兵士の心は動揺していたと思います。父母は、頭を撫でて兵士の心を揺すり、「無事であれ」と心の籠る言葉で動揺する兵士の心を落ち着かせ、送り出したのです。兵士は、父母の言葉を肝に銘じ、かの地で回想してこの歌を詠みました。

父母の「撫でる」や「言葉」には、魂振りと魂鎮めの意味合いがあって、兵士の心を鎮めているのです。

我が母の　袖もちなでて　わが故に
泣きし心を　忘らえぬかも

（『万葉集』四三五六）

私の母が袖で頭を撫でて、（防人に行く）私のために泣いた気持ちを忘れることができないなあ。

この歌も、防人が詠んでいます。母は袖で頭を撫でて、不安や悲しみなどで動揺する兵士の心を慰めながら、兵士の身の上を案じて泣いたので、兵士は必ず故郷に戻って来ると、心を落ち着かせたのです。

母は泣いて、自らの別れ難い心を表わしていたのです。母が頭を撫でながら泣いたので、兵士の心は落ち着きました。つまり、頭を撫でることは、魂鎮めであったのです。

五ー三　魂結びとは

人は今でも、「魂結び」をしています。神社で、御神籤《おみくじ》を引くと、境内の神木の枝や所定の綱を張るところなどに、願いを籠めて、御神籤の紙を結び付けています。当時の人は、神の霊魂の籠る御神籤を結び付けることで、自分の霊魂を結び籠めると同時に、神の霊魂を内部に祝い籠めていたのです。

君が齢《よ》も　わが齢も知るや　磐代《いわしろ》の
岡の草根を　いざ結びてな
（『万葉集』一〇）

あなたの命も私の命も支配しているなあ。磐代の岡の草をさあ、結んで行こうよ。

この歌の詞書に、

中皇命《なかつすめらみこと》、紀伊の温泉《ゆ》にいでます時の御歌

とあります。磐代は、中皇命が紀伊の温泉に行く時、通りかかった所です。磐代は、名前からして、大きな岩がある場所と想像できます。言わば、旅路の難所です。当時、磐代は恐ろしい神がいる難所であると考えられていました。磐代の神は、旅をする人の命を支配すると言われるように、恐ろしい存在であったのです。
人は磐代を通りかかると、神に手向けをして神の霊魂を鎮めました。そして、神の霊魂の籠っている草に自分の魂を結び籠めると同時に、神の霊魂を自分の内部に祝い籠めて、旅の無事を願ったのです。つまり、磐代の岡の草を結ぶのは、磐代の神の霊魂を魂振りをして、魂鎮めをすることであったのです。

また、磐代の神が旅人の命を支配するのは、旅人の命を守る神でもあると思われていたからです。磐代の神のように、峠や道などの難所にいる土地の神は、道端や村境などで疫病などの悪い精霊が土地に入るのを防いで土地の人を守ったり、また、旅の安全を守る道祖神でもあったのです。

磐代の　浜松が枝を　引き結び
真幸《まさき》くあらば　またかへり見む
（『万葉集』一四一）

磐代の浜の、松の枝を引き結んで、無事であるなら、また、帰って来て、この松を見よう。

この歌は、有間皇子《ありまのみこ》が謀反の疑いで連行される途中、磐代の浜で詠んだのです。

有間皇子は、磐代の神の霊魂が籠っている松の枝を引き結んで、自分の魂を結び籠めると同時に、神の霊魂を祝い籠めて、処刑される命と旅の無事を願ったのです。そして、磐代の神に、磐代の浜に帰って来ることを祈願していたのです。

家にあれば　笥《け》に盛る飯《いひ》を　草枕
旅にしあれば　椎の葉に盛る

家にいると、食器に盛ってお供えする飯を、今、旅であるので、椎の葉に盛る。

（『万葉集』一四二）

「草枕」は、「旅」にかかる枕詞です。

有間皇子は、磐代の神の霊魂を鎮めるため、椎の葉に御飯を盛った供え物をして祭ったのです。このように人が神に供える酒食を「神饌《しんせん》」と言います。

五－四　「袖」を振り、紐を結ぶ意味

戦時下、日本では「千人針」と言う風習がありました。これは、魂結びです。千人針は、出征兵士の無事を祈るため、千人の女性が一針ずつ赤い糸で布きれに縫い、「たま」を作って、兵士に贈ったのです。多くの女性が魂を縫い込めた「布たま」です。兵士はこれを持っていれば、多くの女性の魂振りによって、魂鎮めをしているので、命が奪われないと考えたのです。

我が背子が　着せる衣の　針目落ちず
こもりにけらし　我が心さへ
（『万葉集』五一四）

私の愛しい人が着ている着物の縫い目が落ちないように、一つ一つに籠ってしまったらしい、私の心までも。

当時、女性は愛しい人の着物には、針ばかりでなく、魂までも縫い込めました。女性は愛しい人の着物に自分の魂を縫い込めることで、愛しい人に恋い慕う心を結び籠めました。そして心に温もりを感じていたのです。言わば、それは魂鎮めであったのです。つまり、魂結びが、自らの魂鎮めでもあったわけです。

そして当時の人は、人の霊魂が着物の袖にも宿るもので、袖を振ると、霊魂を招き寄せると信じていました。人は旅立つ友に袖を振ることで、旅の無事を祈る心を結び籠めていたのです。また、男女が別れる時も、袖を振ることで、別れ難い心を袖に結び籠めたのです。今でも人は家路につく友、あるいは旅立つ友などに別れる際に袖を振っています。

石見なる　高角山《たかつのやま》の　木《こ》の間ゆも
わが袖ふるを　妹見けむかも

石見にある高角山の木の間からも、私が袖を振るのを妻が見ただろうかなあ。

（『万葉集』一三四）

「妹」は、男性が妻や愛しい人などを親しんで呼ぶ言葉です。男性は、魂が籠っている袖を振ることで、妻の魂を招き寄せて、別れ難い心を結び籠めた袖を振って、妻の心を鎮めたのです。

しろたへの　袖に触れてよ　わが背子に
わが恋ふらくは　止む時もなし

着物の袖に触れ合ってから、あの方に恋い慕う心は、おさまる時もない。

（『万葉集』二六一二）

「しろたへの」は、「袖」にかかる枕詞です。「袖に触れて」は、男女が袖に触れ合うことで、契りを交わしたことです。言わば、共寝をしたということです。

女性は、愛しい人の魂が籠る袖に触れてから、恋い慕う心がいっそう募り、愛しい人に逢いたい一心で、魂が彷徨《さまよ》っているのです。つまり、この女性は、愛しい人に魂振ることばかりで、自らの魂を鎮めることはできなかったのです

いとせめて　恋しき時は　むばたまの
夜の衣を　返してぞ着る

（『古今和歌集』五五四）

とても切実に、恋しい時は、（あの人が夢に現れると思って）夜の衣を裏返して、着て寝る。

「むばたまの」は「夜」にかかる枕詞です。

当時、夜の衣には、愛しい人の魂が籠っているとされ、夜の衣を裏返しに着て寝ることで、愛しい人が夢に現れると信じていたのです。一種の招魂の儀式です。

妹が袖　別れし日より　しろたへの
衣片敷き　恋ひつつぞ寝る

（『万葉集』二六〇八）

愛しい人の袖と離れた日から、わが身の衣だけを敷いて、恋しく思いながら寝る。

「しろたへの」は、「衣」にかかる枕詞です。「衣片敷き」は、自分の衣の片袖だけを敷いて、独り寝をすることを言います。「枕片寄せ」と同じ意味です。

この歌は「妹が袖　別れし日より」と言っているので、男性が独り寝の嘆きを詠んでいます。男性は、愛しいあの方と衣を敷き交わして寝たのに、あの方の袖と離れた日から、寂しく、独り寝をしているのです。男性は、愛しい人の温もりの籠る衣の袖に、せめて、魂が依り宿って欲しいと願っています。

五ー五　結びし紐《ひも》

当時、共寝をした男女が愛を誓い合う風習として「結びし紐」がありました。女性は、旅などで遠く出かける夫や愛しい人に、結びし紐を贈ったのです。その結びし紐は、相手の衣の左右どちらかの、下のところに付けてあげました。これには、贈ってくれた女性の魂が籠っています。夫や愛しい人は、それを見ると、贈ってくれた女性のことを思い、旅先などで心変わりを止めようと考えます。結びし紐は、魂鎮めでもあったのです。

　また、共寝をした男女が暁に別れる時、互いに相手の衣の下紐を結び合い、再び逢うまで紐を解かないことを誓う風習がありました。

筑紫《つくし》なる　にほふ児ゆゑに　陸奥《みちのく》の
可刀利《かとり》をとめの　結びし紐解く
（『万葉集』三四二七）

筑紫の輝くように美しい娘のために、陸奥のかとり乙女が結んだ紐を解く。

　これは、結びし紐を解いてしまった歌です。詠み人の兵士は、防人として行った筑紫で、輝くように美しい娘に心を奪われて、故郷である陸奥のかとり乙女と愛を誓った結びし紐を解いてしまった、と困惑しているのです。この兵士は素直です。かとり乙女は、紐を結ぶことで、兵士の無事を祈る心を結び籠めていたのですが、その思いも儚くついえてしまいました。

五－六　魂を迎えに山へ（魂乞い）

人は、夫や児などの肉親が亡くなった時、亡くなったことが信じられなくなる場合もあります。当時の人は、肉体と霊魂が分離していると考えていたので、亡き人の霊魂が、本来あるべき肉体に帰って来ると信じていたのです。そこで人は、何とかして、亡くなった人の霊魂を元の肉体に招き寄せようと、亡くなった人の霊魂を探し求めて、山に行ったのです。

奈良・平安時代、都は盆地の中にあり、山に囲まれていました。当時の人は、山の彼方には「常世《とこよ》」があり、亡くなった人の霊魂が山に帰って行くと考えたのです。そこで人は、山に探し求めに行ったのです。これを「山たづね」といいます。亡くなった人の霊魂を尋ねて行くので、「魂迎い」、あるいは「魂乞い」に行くことでもあったのです。

君が行き　日長くなりぬ　山たづね
迎へか行かむ　待ちにか待たむ

（『万葉集』八五）

あなたが行って、日がだいぶ経ってしまった。あなたを山に探し求めて、迎えに行こうか、それとも、ひたすら待っていようか。

「山たづね」は、「迎へ」にかかる枕詞で、「迎へ」を強調しています。これは、磐姫《いわのひめ》皇后が仁徳《にんとく》天皇の崩御《ほうぎょ》を悼んで詠んだ挽歌《ばんか》です。皇后は、天皇がお出掛けになったまま、まだお帰りにならないので、山道を探し求めてお迎えに行こうと思っていたのです。言わば皇后は、天皇の崩御がまだ信じられないのです。そこで皇后は、天皇の御魂を探し求め、肉体に戻そうと思ったのです。同時に、皇后は天皇を恋慕う思いで、「あなたの御魂が再び、肉体に戻るのをひたすら、待っています」と呼びかけています。つまり、磐姫皇后は、仁徳天皇が生き返ることを願って、その御魂が元の肉体に招き寄せられるよう、魂鎮めをしたのです。

当時の人は、魂鎮めをすれば、人は生き返ると信じていました。また、「挽歌」には、招魂と鎮魂の、二つの意味があったのです。

第二章 しでのたおさ〈ほととぎすの民俗〉

一　ほととぎすは、山に居る鳥

鳥の民俗ということで、『万葉集』や『古今和歌集』の歌を中心にして、当時（主に奈良・平安時代）の人が「ほととぎす」をどのように思っていたか、考えてみます。

ほととぎすは、「時鳥」「郭公」「不如帰」など、さまざまな漢字で表記される鳥です。漢字の持つ一音一義の働きを考えると、時鳥、郭公、不如帰には、それぞれ異なる意味合いがあったと思います。

また、当時、人は、ほととぎすのことを異称として「しでのたをさ」とも言っていました。

例えば、次のような歌があります。

いくばくの　田を作ればか　ほととぎす
しでのたをさを　朝な朝な呼ぶ
（『古今和歌集』一〇一三）

どれほどの田を作るからか、ほととぎすが「しでのたをさ」を毎朝、呼んでいる。

五月頃、山から人里に降りて来るほととぎすの鳴く声が「しでのたをさ」を呼ぶように聞こえたという歌です。

では、しでのたをさとは何でしょうか。そこには、二つの意味が考えられます。

まず一つ目は、しでのたをさの「しで」を「しづ」とする考え方です。つまり「しづのたをさ」の転（の考え方）です。しづは「賤づ」のことで、「田に立つ賤づの心地して」（『狭衣物語』）のように「田」に係わる言葉として使われます。これは賤しいとか、身分が低いという意味です。そして、たをさは「田長」で、田を取り仕切る長という意味です。つまり、しづのたをさ（賤づの田長）は、卑しい、田を取り仕切る長という意味なのです。

春の田植えと秋の収穫の時期は、農作業に携わる人にとって、心身ともに疲労困憊する季節です。田を取り仕切る長に対する思いは、賤づという、いささか揶揄を籠めた言葉からも窺われます。その怨嗟に近い感情を、「いくばくの　田を作ればか」と具象的に詠んでいるのです。

ほととぎすが五月頃、人里で鳴く声は、しづのたをさを「朝な朝な」呼んで勧農、つまり田植えの作業に追い立てている、嫌な声に聞こえたというわけです。

二つ目の考え方は、しでのたをさを「しでのをさ」とするものです。「しで」は「死出」のことで、「たをさ」は、意味を強める接頭語の「た」に「をさ」が付いたものです。つまり「死出の長」のことで、死出の旅路を導く長という意味です。また、死出の旅は、死出の山と同じ意味を表しています。当時の人は、死出の山を越えて来る、あるいは死出の旅路を導く長である鳥が、ほととぎすであると考えたのです。

奈良や平安の頃、平城京、平安京と、都は盆地の地形で山に囲まれていました。そこで当時の人は、山の彼方に「常世」があり、亡くなった人の霊魂は、その常世に帰って行くと思っていたのです。

初夏の頃、山から里に降りて来るほととぎすを、死出の山から飛んで来た鳥と考えたのです。そしてその鳴き声を、死出の長が飛んで来て、田を作れと言っているように聞いたのでしょう。

そこで、ほととぎすをあの世に住む鳥としたことについて考えてみます。

当時の人は、「ほととぎす」があの世を行き来する鳥であり、しかも、山に住む鳥と考えていました。

あしひきの　山ほととぎす　をりはへて
誰かまさると　音をのみぞなく

（『古今和歌集』一五〇）

山（から来て鳴く）ほととぎすは、いつまでも続けて、誰が（悲しみの）まさる（ものなどいる）かと、声を立てて鳴く。

この歌は、山ほととぎすの鳴く声を讃美しながら、その鳴く声に悲しみの心を感じて詠んでいます。

「あしひきの」は、山にかかる枕詞です。「をりはへて」の「をりはへ」（をりはふ）は、長引かせる、続ける、という意味です。

ほととぎすは里にいる悲しみから、故郷の山に帰りたいと、いつまでも声を出して鳴き続けているのです。この「音をのみぞなく」の「なく」は、「鳴く」という意味です。また、同音の連想から、「泣く」という言葉も連想させて、山ほととぎすの悲しみの心が感じ取れるのです。

ほととぎすが住み、祖先の霊が集まる常世とされた山は、神々が住む神聖な場所でした。例えば、奈良の三輪山は、神が降臨した御室山で、山そのものが御神体として祭られています。

山の麓に鳥居だけがあって、本殿がありません。

そして、奈良盆地の南方にある香具山《かぐやま》、その近くの耳成山《みみなしやま》、畝傍山《うねびやま》は、大和三山として『万葉集』に歌われています。香具山、耳成山は男山、畝傍山は女山と言われます（香具山が女山、耳成山、畝傍山が男山など、さまざまな説があります）。当時、人は山そのものを御神体と考えて、この大和三山の妻争いを、三山に降臨している神の妻争いだと受け止めていたのです。

次に、こういう歌もあります。

二上の　山に隠れる　ほととぎす
今も鳴かぬか　君に聞かせむ

（『万葉集』四〇六七）

二上の山に隠れている、ほととぎすよ。（宴の）今も鳴かないのか、（あの）お方に聞かせたい。

これは、貴族の宴席で、遊行女婦土師《うかれめはにし》が詠んだ歌です。名前が「土師」で、職務を表す「遊行女婦」という言葉から、宴会を言祝《ことほ》ぐために歌を詠む、言わば、教養ある女性です。この「君に聞かせむ」の「君」は、宴の主、あるいは宴に列席している貴族の誰か、それとも宴席にいる貴族を漠然と言ったとも考えられます。この君がどのお方でも、宴を言祝ぐため、初夏の訪れを告げるほととぎすの鳴く声を待ち焦がれていたのです。

「二上の　山に隠れる　ほととぎす」という言葉で、ほととぎすは、山に居て、姿を見せずに声だけが聞こえる鳥であることが理解できます。

また、この作者は、貴族の宴に侍る教養のある女性であるので、この「二上の山」に関係する出来事を踏まえて、この歌を詠んだとも考えられます。

では、ほととぎすが山に居る鳥であるのに、作者はなぜ、「隠れ」（隠る）という言葉で「二上の山に隠れるほととぎす」と言ったのか、考えてみます。

この隠れ（隠る）という言葉は、「死ぬ」という意味で使われることもあります。天皇・皇后・上皇などの高貴な人が亡くなると、その死去を敬って崩御と言い、時には、「御隠れ」と、死を遠回しに言うこともあります。つまり、隠るは、死ぬことを意味しているのです。

例えば、『源氏物語』の中で、作者の紫式部は、桐壺帝《きりつぼてい》の第二皇子、光源氏が亡くなった場面を語ることなく、ただ「雲隠れ」という巻の名だけを残しました。当時の人は、高貴なお方が亡くなると、この世から、ふっといつの間に「雲居」に隠れ、あの世の人になると考えていたのです。つまり、「神上がり」です。これが雲隠れということで、巻の名ともなったのです。

当時、高貴な人は、永遠に不滅であり、雲隠れの隠れという言葉で、高貴な人の死をそれとなく表したのです。「二上の　山に隠れ（隠る）」は、高貴なお方がこの二上山に葬られたことを意味しているのです。「二上の　山に隠れる　ほととぎす」は、ほととぎすが死出の山を行き来する鳥であるから、この山に葬られた人の霊魂をこの世に運んで来るという意味合いをもっています。

この歌は「二上の山に葬られた人の霊魂をこの世に運んで来るほととぎすよ」と呼び掛けて、宴の「今も」鳴かないのか、鳴いて欲しい。亡き人を愛しく思う、あの「お方」に聞かせたいと詠んでいるのです。

また、作者は、二上の山に葬られた人の思いを、ほととぎすの鳴く声で慰めようとしています。言わば、鎮魂のための歌なのです。

この二上の山に葬られているお方は、天武《てんむ》天皇の第三皇子、大津皇子《おおつのみこ》です。この皇子は、天武天皇の没後、謀叛の疑いを受け、刑死という非業の死を遂げました。その後、大津皇子の亡骸は、姉の大伯皇女《おおくのひめみこ》など一族によって、二上の山に手厚く葬られたのです。

大津皇子が謀反の嫌疑を受けた頃、姉の大伯皇女は、伊勢神宮の神に奉仕する斎宮《さいぐう》であり、弟の助命などを帝に奏上することも許されませんでした。皇女の無念の思いは、想像にあまりあるものがあったと思います。

貴族の宴に侍る作者、土師は、二上の山に葬られている経緯などをある程度、解かっていたと推測できます。土師は、皇女の斎宮という立場を慮って、誰か分からないように、「君」という親しみのある二人称で「君に聞かせむ」と詠んだのです。

この歌は、二上の山に葬られている大津皇子の霊魂を現世に運んで来るという、ほととぎすが今も鳴かないのか、皇女が弟の大津皇子を偲ぶために鳴いて欲しい、と願っているのです。

そして、この歌が詠まれた「宴」の主は、大伴家持《おおとものやかもち》であると言われています。この歌は、宴を言祝ぐというよりも、大津皇子の霊魂を鎮魂するために詠まれたのです。これを裏付けることとして、大伯皇女が大津皇子の亡骸を二上の山に移し葬った時に、次のような歌を詠んでいるのです。

うつそみの　人にある我れや　明日よりは
二上山を　いろせとわれ見む
（『万葉集』一六五）

この世の人である私はね、明日からは、（弟を葬った）二上山を（亡き）弟と（思って）ながめたい。

大伯皇女は、天皇の退位によって、天皇の名代としての伊勢神宮の神に奉仕する斎宮の職を離れて、「この世に生きる人である私はね」と、神の世から人の世に生きていることを強く認識しながら、自らの生を冷静に見つめているのです。また、この「うつそみの人にある我れや」という言葉には、弟、大津皇子の死を今、新たに認識することで、如何《いかん》ともし難い悲しみが感じられます。大津皇子を仮の宮から二上の山に移して葬る時、皇子の死を強く意識して悲しみが深まるばかりであったのです。皇女は、亡き大津皇子の霊魂が宿る二上山を山というより、亡き弟その人であると感受して、二上山を「いろせ」と呼び掛け、亡き大津皇子に対する鎮魂の思いを籠めて、「われ」の心境を語っているのです。

このいろせは、どういう意味合いを持つ言葉であるかを考えてみます。

いろせの「いろ」は、母が同じであることを表す接頭語で、「せ」とは、女性から夫・恋人・兄弟などを親しんで呼ぶ言葉です。この「せ」という語は、若い男の人を「せなあ」とも呼ぶように、今でも田舎など一部の地域で使われています。つまり、いろせとは、母を同じくする兄弟のことです。

この歌で、大伯皇女は、二上山をいろせと感受して、亡き大津皇子の面影を追憶しながら、情愛を深めているのだと思います。

また、ほととぎすについては、こういう歌もあります。

あしひきの　山辺に居れば　ほととぎす
木の間立ち潜《く》き　鳴かぬ日はなし
（『万葉集』三九一一）

山の辺にじっとしていると、ほととぎすが木々の間を飛び潜って、鳴かない日はない。

「あしひきの」は、山辺にかかる枕詞です。

初夏の訪れを告げるほととぎすの鳴く声を早く聞きたいと、山のほど近いところにじっとしていると、人里では目にすることもなかった、ほととぎすが木々の間を飛び潜って鳴く可憐な姿を見たのです。鳴き声も、人里では聞かない日もあったのに、鳴かない日はないと、驚嘆しています。ほととぎすは、人里では鳴き声のみを聞く距離感のある存在でしたが、山では、活き活きと躍動する姿を目にして、親近感を抱いたというわけです。

また、こういう歌が『古今和歌集』にあります。

五月待つ　山ほととぎす　うちはぶき
今も鳴かなむ　去年のふるこゑ
（『古今和歌集』一三七）

五月を待って、（山から人里に降りて来る）山ほととぎすよ。ちょっと羽ばたきをして、（四月である）今も鳴いて欲しい、去年の声でもね。

ほととぎすは、五月を待って山から人里に降りて来る、律儀とも思える鳥です。それは、「山ほととぎす」が「ほととぎす」に変わる時であり、初夏の訪れを告げる風物詩でもあったのです。

当時、人はこの鳥が躍動し、鳴く声を響かせることで、辺りに清涼感をもたらして欲しいと願ったのです。「うちはぶき」（うちはぶく）は、その可憐な羽ばたきを伝えています。

「今も鳴かなむ」の「今」は、「五月待つ」という言葉があるので、まだ五月にならない四月のことを指しています。「鳴かなむ」の「なむ」で、ほととぎすに四月である「今も」鳴くことを誂え望んでいるのです。ほととぎずが四月に鳴く声を「去年のふるこゑ」と体言止めにし、郷愁に近い思いを余情的に表現しているのです。

二　ほととぎすが導く初夏の訪れ

卯の花の　咲く月立ちぬ　ほととぎす
来鳴きとよめよ　ふふみたりとも

（『万葉集』四〇六六）

卯の花の咲く月に改まった。ほととぎすよ。（飛んで）来て鳴く声を（辺りに）響かせよ、（花は、まだ開ききらずに）蕾であっても。

この歌は、四月一日に越中の掾《じょう》という人の館で催された宴席で詠まれたのです。

卯の花が咲く初夏は、もう足元まで来ていて、ほととぎすが早く山から人里に飛んで来て辺りに鳴く声を響かせて、宴の席に花を添えて欲しいという願いが籠められています。

卯の花は初夏の頃に咲くことから、陰暦四月のことを「卯月」、あるいは「卯の花月」と言います。卯の花は古来、ほととぎすとともに初夏の題材の取り合わせとして和歌などで詠まれています。

ところがこの歌では、卯の花が咲かなくても、ほととぎすの鳴く声を早く聞きたいと詠んでいるのです。このように、人はほととぎすの鳴く声を待ち焦がれていたのです。

「鳴きとよめよ」は、鳴き響かせよという意味です。また、「ふふみたりとも」の「ふふみ」（ふふむ）という言葉は、卯の花の有り様を具象的に表現しています。現代の「ふくらむ」と同じ意味を表す言葉で、卯の花がまだ開ききらずに膨らんでいる、蕾であることを表しています。

三　勧農の鳥

信濃なる　須我《すが》の荒野《あれの》に　ほととぎす
鳴く声聞けば　時過ぎにけり

（『万葉集』三三五二）

信濃の須我の（人気のない）荒野で、ほととぎすの鳴く声を聞くと、（もう）時は、過ぎてしまったなあ。


これは、信濃の国の東歌として載っている歌です。

信濃の須我の荒れ果てた野で、ほととぎすの鳴く声を聞いて初夏になったことに気づき、もう時は過ぎてしまったなあと、悔恨の思いを募らせているのです。

では、この「時過ぎにけり」の「時」は、どういう時であったのでしょう。

当時、人がほととぎすの鳴く声を聞き始める初夏の頃は、田植えなどの農作業に取り掛かる時期でした。この「時」は、人が農業と関わる時であったのです。

この「時」は、田植えなどをするため故郷に帰って来ると約束した時、あるいは単に、田植えなどの農作業をする時などが考えられます。

また、次に考えられることは、ノスタルジアの心情と関わる「時」でしょう。この「信濃なる須我の荒野」という、人里離れた寂しいところで、人はほととぎすの鳴く声を聞いて、人恋しさを覚えたとも考えられます。

この「時」は、故郷の妻の許に帰って来ると約束した時、あるいは都にいる愛しい人と逢うと約束した時だと考えられます。

また、東歌には、民謡的な要素を含んだ歌もあります。この歌も、信濃の国で、賦役などで旅に出た夫の帰りを待つ妻の心情、あるいは同じ境遇の妻達の心情を詠んでいると考えられます。

女性は、寂しい「信濃の須我の荒野」で、夫に逢いたい思いに駆られていたのです。そしてほととぎすの鳴く声を聞き、夫が帰って来ると約束した時は過ぎてしまったと、悲嘆に沈んでいるのです。

この歌で詠んでいるように、当時の人にとって、ほととぎすの鳴く声は、時を気付かせる、自然の声であったのです。

いつのまに　五月来ぬらむ　あしひきの
山ほととぎす　今ぞ鳴くなる

（『古今和歌集』一四〇）

いつの間に五月が来たのだろうか。山ほととぎすが（人里に降りて来て）今、鳴いているようだ。

当時の人にとって、ほととぎすは五月を告げる鳥でした。では、五月はどういう月だったのでしょうか。

五月は、別の呼び名で「さつき」と言います。では、このさつきの「さ」は、どんな意味を表しているのでしょうか。例えば、稲の苗のことを「さなえ」と言い、田圃で稲の苗を植える若い女性のことを「さおとめ」と言います。

また、多くの人が花見をして賞美する桜の名前の語源として、「サクラ」の「サ」は「穀霊」、稲の霊を表し、「クラ」とは穀霊、あるいは稲の霊の宿る座を表すと考えられます。さつきの「さ」が稲の霊であり、さつきは、稲と関わりのある月という意味になります。

当時の人は、山ほととぎすが里に降りて来て鳴く声で、五月が来たことに気づかされ、田植えなどの農作業を始める時になったことを知ったのです。

そこで、田植えなどの農作業に関わる、当時の風習を考えてみたいと思います。

春になると、山の神が里に降りて来て、田の神になるので、その神を迎えるための「御田植え祭り」の神事を行います。現代でも、稲作の盛んな農村地域に行くと、田遊びや田楽などの芸能を神事として行っているところもあります。御田植え祭りは、田の神を迎えて稲などの豊作を祈願する神事なのです。

田植えは、神聖な行事であり、田植えに関わるさおとめも、心身ともに汚れがないとされた未婚の女性でありました。田植えの間、人は心身を清めるため、飲食をはじめとする行動などを慎み、家に籠る「物忌み」の生活をしていました。

三―一　雨障《あまつつ》み（梅雨の物忌み）

当時、男女の逢瀬は、男性が女性の許に通って行く、言わば、通い婚でした。ところが、田植えの期間は、男性が女性の許に通うことを許されずに、「雨障み」という物忌みの生活をしたのです。五月は梅雨の季節で、男性は雨に降り籠められて、女性の許に訪れることができずに、家に籠っているという意味で、雨障みと言ったのです。

また、当時の人は、この言葉を「あま・つ・つみ」と解釈して、「つ」が「の」という意味を表す助詞で、「天の罪」ということで、天つ神に対して犯した罪であると理解しました。つまり、男性が天罰を被って、物忌みをしていると考えたのです。女性がこの「あまつつみ」を言い訳にしている男性のことを詠んだ歌として、次のようなものがあります。

雨つつみ　常する君は　ひさかたの
きぞの夜の雨に　懲りにけむかも

（『万葉集』五一九）

雨つつみを何時も口実にして（通って来ない）あなたは、（お出でになった）昨夜の雨に（濡れたので）懲りてしまっただろうかなあ。

「ひさかたの」は、「雨」にかかる枕詞です。

この女性は、雨障みという物忌みの習慣で、愛しい人が訪れて来ないので、恨めしく、降り続く梅雨の空をながめながら、訪れて欲しいと願っています。

「雨つつみ　常する君は」には、「君」、つまり愛しい人に対する皮肉を込めた痛烈な非難の思いがあるのです。愛しい人は、その時の都合で女性の許に通って来ないのに、雨を口実にしていたのです。女性には、雨障みという物忌みをいつも言い訳にしていた愛しい人に誠実さが感じられないという思いがあったのです。

また、「ひさかたの　きぞの夜の雨に　懲りにけむかも」にも、皮肉が込められています。

愛しい人は昨夜、雨が降るのに雨障みをせずに、女性の許に通って来たので、雨に濡れたのです。それを女性は、愛しい人が「天つ罪」という罰を被ったからだと考えたのです。つまり、愛しい人への労りの心情が少しも感じられないのです。

当時、男性は、女性に熱烈な恋心などを抱かない限り、降り続く雨のもとでは、家に籠って雨障みをしていたのです。

三―二 「ながめ」の生活（忌み籠りの生活）

女性は降り続く雨のため、愛しい人の訪れもなく、愛しい人の通って来る方をぼんやりと見やりながら、物思いに耽っていました。つまり、女性は、「ながめ」の生活をしていたのです。

花の色は　うつりにけりな　いたづらに
わが身よにふる　ながめせし間に

（『古今和歌集』一一三）

（桜の）花の色は、（色）あせてしまったなあ。むなしく、私（自身）が（この）世に（時を）過ごして、降る長雨を（ぼんやりと物思い沈んで）ながめをしていた間に。

この歌は、愛しい人の訪れもなく、降る長雨の空模様をながめている間に、美しかった（桜の）花がいつの間にか色あせていたことへの驚きと、悲嘆の心情を込めて詠んでいます。

では、この「花の色は　うつりにけりな」は、どういう意味を表しているのでしょう。「うつり」（うつる）は、色が変化する、つまり、色あせることです。花が色あせていたことに今、気付いたことへの驚きの心情を「けりな」で表しています。

また、この歌の作者が小野小町《おののこまち》であることを考えると、我が身も容色が衰えた、という意味を籠めた言葉であると考えられます。

「いたづらに　わが身よにふる　ながめせし間に」には、二つの言葉が掛詞になっています。「ふる」は、「経る」と「降る」、「ながめ」は、「長雨」と「ながめ」の掛詞です。また、「いたづらに」は、「ながめ」と言う言葉を修飾しています。

つまり、「わが身」がこの世に（時を）過ごし、降る長雨を空しくながめをしていた間に、となり、女性がもの思いにふけって、ながめをしている有り様を具象的に表しています。女性の茫漠とした気怠さを巧みに表現していて、「ながめ」の生活を汲み取ることができます。

女性は、愛しい人が雨障みという物忌みの生活をしているので、「ながめ」という生活をしていたと考えられます。

五月という田植えの時期は長雨の季節であり、男性も女性も、物忌みをしていたのです。そして、五月という初夏の訪れを告げる鳥は、ほととぎすであったのです。

三－三　五月を待つ鳥

わが夫子《せこ》が　国へましなば　ほととぎす
鳴かむ五月は　さぶしけむかも

（『万葉集』三九九六）

（私の）愛しい人が（故郷の）大和の国へいらっしゃったなら、ほととぎすが（里に降りて来て）鳴く五月は、心寂しいことだろうかなあ。

この歌は、五月になると、愛しい人が故郷の大和へいらしゃって、心寂しくなるから、ほととぎすが里に降りて来ないことを誂え望んでいるのです。

「わが夫子が　国へましなば」の「国」は、故郷の意で、大和の国のことです。「ほととぎす　鳴かむ五月は」は、ほととぎすがまだ山に居て、里で鳴く五月になっていないことを意味しています。五月になると、愛しい人が大和へ行ってしまうから、五月の訪れないことを、ほととぎすに託しているのです。

四　ほととぎすの声が呼び起こすもの

四―一　夜の声は、懐かし

当時の人は、ほととぎすが夜、鳴く声を愛でていました。次のような歌があります。

ほととぎす　夜声なつかし　網ささば
花は過ぐとも　離れずか鳴かむ

（『万葉集』三九一七）

ほととぎすよ。夜、鳴く声が懐かしい。網を張って（囲う）なら、（橘の）花は、散っていても、飛び去らずに鳴くだろうか。

これは、夜の静寂を破って聞こえるほととぎすの鳴く声に心がときめき、懐かしさを感じている歌です。「夜声」は、郷愁の情を誘うものでした。そこで、親愛の気持ちを込めて、「ほとどぎすよ」と呼び掛けたのです。そして誰でもほととぎすを捕まえたくなり、「網ささば」という思いになったのです。網で捕らえたなら、去らずに鳴くだろうと考えたのです。「離れずか鳴かむ」の「離れ」（離る）は、離れることで、飛び去ることです。また、「離る」は「かる」と読むので、「枯る」という言葉が考えられます。枯るは、鳴く声が枯れるということで、（夜声が）途絶えずに鳴くだろうか、という意味になります。

そして、当時、ほととぎすの夜声と同じく、懐旧の情に誘う花とされたのが、初夏に咲く「花橘」です。これは次の歌のように詠まれています。

五月待つ　花橘の　香をかげば
昔の人の　袖の香ぞする

五月を待って（咲く）、花橘の香りを嗅ぐと、昔の（愛しい）人の袖の香りがする。

（『古今和歌集』一三九）

この歌は初夏、花橘の香しい匂いが漂って来て、その香りで、昔の愛しい人を懐かしく思い出して詠んでいます。

「ほととぎす　夜声なつかし」の歌では、「花は過ぐとも」と詠んでいます。「過ぐ」は、ものの盛りを過ぎることです。つまり、花橘が散っていて、その香りが漂って来なくても、という意味です。当時の人は、懐旧の情を誘う花橘の香りが漂って来なくても、ほととぎすの夜声を聞いて、昔のこと思い出し、心惹かれていたのです。ほととぎすの夜声については、次のような歌があります。

橘の　匂へる香かも　ほととぎす
鳴く夜の雨に　うつろひぬらむ

（『万葉集』三九一六）

橘の咲き匂っている香りも、ほととぎすの鳴く（この）夜の雨にきっと消え失せてしまっただろうか。

この歌は、美しく咲き誇る橘の香りも、ほととぎすの鳴く、夜の雨のため、消え失せるのか、と危惧する心情を詠んでいます。

橘の花は、柑橘系の強い香りが残るので、当時の女性は橘の香を着物の袖に移り香させていたのです。男性は、「橘の匂へる香」が漂って来ると、昔、契りを交わした女性の姿が脳裏に浮かぶのです。その香りは、懐旧の情を誘うものでした。

「うつろひぬらむ」の「うつろひ」(うつろふ)は、移り変わっていく状態を表しています。言わば、香りが薄くなるというよりも消え失せることです。この夜の雨が橘の香りを洗い拭ってしまうように感じていたのです。そして、ほととぎすの夜声が聞こえるだけになります。

今でも人は、ほととぎすの鳴く夜の雨に、何となくもの寂しさを感じます。当時の人にとっても、ほととぎすの夜声と降る雨は、花橘の香りよりも懐旧の情を誘うものであったのです。

四－二　懐旧の情

古に　恋ふらむ鳥は　ほととぎす
けだしや鳴きし　我が恋ふるごと
（『万葉集』一一二）

（あなたのおっしゃる）過ぎ去った頃に恋い慕って（鳴く）とかいう鳥は、ほととぎすです。（その鳥は）もしかすると、鳴いたのか、私の（過ぎ去った頃に）恋い慕うように。

この歌は、持統《じとう》天皇が吉野の離宮に行幸した折、弓削皇子《ゆげのみこ》が額田王《ぬかたのおおきみ》に贈った歌に、額田王が応えて詠んだものです。

中国では、ほととぎすが昔を恋い慕って悲しく鳴く鳥と考えられていました。

額田王は、ほととぎすの鳴く声を聞くと、今は壬申の乱で吉野の離宮にいる弓削皇子との、過ぎ去った昔、都で逢瀬した時の姿などが瞼に浮かび、懐かしさを覚えていたのです。この懐古の情には、額田王がいつ、皇子に逢える日が来るのかと、待ち焦がれる思いなどが籠っています。ほととぎすの鳴く声は、過ぎ去った「古」（いにしへ）に誘う温もりのある声でもあったのです。

ほととぎす　はつこゑ聞けば　あぢきなく
主さだまらぬ　恋せらるはた

（『古今和歌集』一四三）

ほととぎすの初めて鳴く声を聞くと、どうにもならず、恋の相手が（誰とも）定まらない、恋心が（自然と）起って来る。（それにしても）はて、まあ。

この歌は、ほととぎすの初めて鳴く声はいかにも清々しく聞こえ、心に秘めた初《うぶ》な恋心を無性に思い起こすと詠んでいます。

ほととぎすの鳴く声によって、初々しい頃の恋心を懐かしく思い起こして、酔いしれている我が身を、それにしてもはて、まあ、と、当惑する気持ちになっているのです。心ときめかす恋の相手が昔なじみの誰であったかを決められないという、初々しい恋心がうかがえます。

ほととぎすの鳴く声は、過ぎ去りし日々を懐かしく思い出し、悲しみの心に誘うものでもあったのです。

あをによし　奈良の都は　古《ふ》りぬれど
もとほととぎす　鳴かずあらなくに

（『万葉集』三九一九）

奈良の都は、(年月が経って)古くなって(寂れて)しまったけれど、昔なじみのほととぎすは、(山から降りて来て)鳴いているのになあ。

「あをによし」は、「奈良」にかかる枕詞です。この「あをに」は、青黒い土で、顔料や染料などに用いられていました。いかにも、古色蒼然とした奈良の雰囲気が感じ取れる言葉です。当時、奈良は、古びてもの寂しく、都としての面影を失って、人々に忘れられようとしていたのです。これはその奈良の都で、「もとほととぎす」の鳴く声を耳にして詠んだ歌です。昔なじみのほととぎすは、華やかな往時の都を偲びながら鳴いているのです。その鳴く声には、奈良の都が人々に忘れられていることへの悲しみが籠っています。そして作者は、昔なじみのほととぎすが鳴いていることを強調しています。

また、奈良の都は、ほととぎすが以前飛んで行った馴染みの土地であったのです。そこで、当時の人はほととぎすのことを昔なじみの鳥という意味で、「もとほととぎす」とも呼びました。古びて寂れた奈良の都に調和している鳥は、もとほととぎすです。この歌のほととぎすは、言わば、古を恋う鳥です。『万葉集』の歌でも、「古に恋ふらむ鳥は　ほととぎす　けだしや鳴きし　我が恋ふるごと」(『万葉集』一一二)と詠んでいます。そして当時の人は、ほととぎすの声を聞くと、昔馴染みの土地を思い出して、愛しい人のことをあれこれと、追憶に耽っていました。次のような歌があります。

ほととぎす　鳴く声聞けば　わかれにし
古里さへぞ　恋しかりける

（『古今和歌集』一四六）

ほととぎすの鳴く声を聞くと、別れた（愛しい人の許に通って行った）馴染みの土地までも、恋しく（思い出され）たなあ。

この歌は、ほととぎすの声を聞いて、以前、別れた愛しい人が脳裏に浮かび、愛しい人の許に通った馴染みの土地までも恋しいと思った、自らの「心」に気付かされます。その驚きの「心」を詠んでいるのです。

ほととぎすは、懐旧の鳥であったのです。

五　ほととぎすは、冥途から来る鳥

藤原高経《ふじわらのたかつね》朝臣《あそん》の身まかりてまたの年の夏、ほととぎすの鳴く声を聞いて

ほととぎす　今朝鳴く声に　おどろけば
君に別れし　時にぞありける

（『古今和歌集』八四九）

藤原高経朝臣が亡くなって、翌年の夏、ほととぎすの鳴く声を聞いて。

ほととぎすが今朝、鳴く声に、はっと目を覚ますと、（一年前）あなたがお亡くなりになった時節であったなあ。

この歌は、紀貫之《きのつらゆき》が初夏の朝、心地よい眠りから、ほととぎすの鳴く声で目覚め、「今日は

一年前、あなたと死に別れた時、言わば、命日とも言える時であったなあ」とはっと気づいて詠んでいるのです。

紀貫之は、高経朝臣と浅からぬ関係がありました。貫之は、ほととぎすの鳴く声が高経朝臣の魂を冥途からこの世に運んで来ているように聞こえたのです。そして貫之は、高経朝臣の亡くなったことを鮮明に思い出して、今、新たに悲しみを心に刻んでいます。

当時、人はほととぎすが冥途とこの世を行き来する鳥であると思っていました。次のように詠んだ歌があります。

なき人の　宿に通はば　ほととぎす
かけて音にのみ　泣くと告げなむ

（『古今和歌集』八五五）

亡き（愛しい）人の（冥途の）住まいに行き来するなら、ほととぎすよ。（私は亡くなったあなたを）気にかけて、声を出して泣いていると、告げて欲しい。

この歌は、亡くした人を今でも恋い慕う思いを、冥途に通うというほととぎすに告げて欲しいと詠んでいます。

愛しい人が亡くなったことが信じられない今の心の内を語るために、「冥途の宿に飛んで行きたいのに」と、もどかしさを覚えながらも、自らの心を鎮めて、「ほととぎすよ」と呼び掛けているのです。

しでの山　越えてや来つる　ほととぎす
恋しき人の　うえ語らなむ
（『拾遺和歌集』一三〇七）

（死者の霊魂が越えて行くという、冥途にある）死出の山を越えて来たのか、ほととぎすよ。恋しい人のことを語って欲しい。

この歌は、恋しい人が冥途に旅立った今でも、断ち切れない恋心を詠んでいます。

当時の人は、ほととぎすが冥途と現世とを行き来する鳥という「十王経」の考えを踏まえて、ほととぎすの住む山を死出の山と考えていました。

当時の人にとって、ほととぎすが死出の山から飛んで来て、人里で鳴く声は、亡き人の霊魂が語っているように感じていたのです。

このように、ほととぎすは、死出の山と関わりのある鳥でした。そこで、ほととぎすが異称として「しでのたをさ」と呼ばれていたのです。

六　亡き霊魂を宿す鳥

当時の人は、鳥に対して、どのように考えていたのでしょうか。

鳥は自由に大空を高く飛び、そして大空の彼方に飛んで行きます。また、鳥は日中、里に飛んで来て声を聞かせ、姿などを目にしますが、夜になると木々の繁みに隠れます。

当時人は、木々の鬱蒼と繁ったところは、薄暗くて何となく気味が悪く、動植物などの精霊や人の霊魂などが宿っていると思っていました。現代でも例えば、富士山麓の青木が原の、薄暗い樹海の中に入ると、何となく背筋に寒気を感じて、そこに何かの霊魂が籠っているように思うものだと思います。そして人は、鳥に対して、亡き人の霊魂を冥途に導いて行く、あるいは亡き人の霊魂を現世に連れて来るというイメージを抱いていました。時には人が亡くなると、その霊魂は鳥になって冥途に行くと考えていたのです。例えば、倭建命《やまとたけるのみこと》が亡くなって白鳥になり、常世に飛んで行ったという白鳥伝説もあります。

また、人は夜明けや薄暮の頃、鳥が鳴く声を聞くと、祖先の霊や亡き人の霊魂が呼んでいるように感受していました。例えば、山部赤人《やまべのあかひと》が詠んだ長歌に、次のような歌があります。

やすみしし　我が大君の　高知《たかし》らす
吉野の宮は　たたなづく　青垣隠《あおがきご》もり
川なみの　清き河内ぞ　春べは
花咲きををり　秋されば　霧立ちわたる
その山の　いやますますに　この川の
絶ゆることなく　ももしきの　大宮人《おおみやびと》は
常に通はむ

（『万葉集』九二三）

我が天皇が立派に治めなさる吉野の離宮は、幾重も重なる青々とした山々の、垣根に隠れる（ように囲まれ）、川波が澄んで美しい河洲《かしゅう》がある。

春の頃は、花が枝もたわむほどに咲き、秋になると、（河）霧が（辺り一面に）立ちこめる。その山が幾重にも重なるようにますます頻繁に、この川が澄んで美しく流れるように絶えることなく、（吉野の）離宮にお仕えする人は、いつも通うだろう。

「やすみしし」は、「我が大君」に、「たたなづく」は、「青垣」に、そして「ももしきの」は、「大宮」に掛かる枕詞です。

これは、吉野の離宮、言わば、我が大君を讃美した長歌です。

吉野の離宮は、神々の霊が寄り集まる、幾重にも重なった山々に囲まれた神聖なところにあります。離宮の傍らを流れる河は、川波が清く澄んで、禊《みそ》ぎをするのにふさわしいところです。また、吉野の離宮は、神秘的な雰囲気を醸し出す、美的なたたずまいなのです。春には周囲の山々に花々が枝もたわむほど、咲き乱れています。また、秋になると、川霧が一面に立ち込めます。

吉野の離宮にお仕えする大宮人は、我が大君を敬慕しています。そして大宮人は、幾重にも重なる山のように、また、絶えることのない河の流れのように、ますます頻繁に、絶えることなく、何時も離宮に通っています。

このように、離宮を取り囲む山と河を対比し、神聖さと神秘さによって、離宮を讃美しているのです。大宮人が離宮に通っている様子を、厳《おごそ》かで神秘的な雰囲気に包まれる、山と河の姿を用いて、頻繁に絶えることがないと言い表しているのです。
山部赤人は、この吉野の離宮を讃美することで、我が大君をはじめ、大宮人を慰めているのです。言わば、山部赤人は、鎮魂の儀式として歌を詠んだのです。
この長歌に添える反歌も離宮を讃美して詠んでいます。反歌は、長歌のあとに添える和歌で、長歌の内容を要約したり、補足するために詠んだ歌です。

み吉野の　象山《さきやま》の際《ま》の　木末《こぬれ》には
ここだも騒く　鳥の声かも

（『万葉集』九二四）

み吉野の象山の山あいの木々の梢には、これほどたくさん騒ぐ鳥の声であるなあ。

この歌は、夜明けの、象山の山あいの木々で騒ぐ鳥の声に、亡き大宮人の魂を感じて詠んでいるのです。
当時の人にとって、離宮のあった吉野の地は、熊野とともに、鬱蒼《うっそう》と木々が生い茂り、神々の霊が寄り集まるところと思われていました。また、離宮があったので、「み」という接頭語で「み吉野」と讃美して呼んでいたのです。離宮の対岸の象山の山あいは、夜明けの刻と相俟って薄暗く静寂で、神々の霊が宿っている、神秘的な雰囲気でした。象山の山あいの木々の梢で、静寂な夜明けに響き渡る鳥の声を思わず、離宮にお仕えした大宮人の声だと感じ取ったのです。

山部赤人は、「ここだも」という言葉で修飾して、「騒ぐ鳥の声かも」と歌い上げたのです。大宮人を慰めるために鎮魂の思いを込めた歌を詠むのです。

ぬばたまの　夜の更け行けば　久木生《ひさぎお》ふる
清き川原に　千鳥しば鳴く

（『万葉集』九二五）

夜がだんだん更けてゆくと、久木が生い茂っている、澄んで美しい川原に、千鳥がしきりに鳴いている。

この歌は、夜が次第に深まる中、禊ぎのところと思われる美しい川原で、千鳥がしきりに鳴くことを、大宮人の「声」と感じ取って詠んでいるのです。

山部赤人は、千鳥が大宮人の霊を冥途からこの世に運んで来て、何かを告げていると感受したのです。そこで、大宮人の霊を慰めるために歌を詠んで鎮魂したのです。

また、この川原が禊ぎのところであるので、「清き」と形容しています。この「清き川原」という言葉が「川原」の実景ではありません。夜が更けてゆく暗闇の中で、川原の有り様を見ることはできなかったのです。「久木」が生えていることも同じことです。

当時、禊ぎの場で歌を詠むのは、個人というよりも、氏族などの集団であり、その氏族の代表の誰か一人が、禊ぎの場に籠るさまざまな霊魂を慰めるため、鎮魂の歌を詠むという一種の儀式があったのです。そして鎮魂の儀式で歌を詠む、山部赤人のような歌人は、亡き人の霊を感じて、叙事的に歌い上げる繊細な心を感じ取れるのです。

当時の人は、鳥に対して深い思いがあり、亡き人の霊魂を運んで来る、あるいは亡き人の霊魂そのもの、言わば、亡き人その人と思っていたのです。

七　『枕草子』（清少納言）の「ほととぎす」

章の最後に、ほととぎすに対する清少納言の言葉を引いてみましょう。清少納言は、『枕草子』の第三十八段の「鳥は」で、ほととぎすの鳴く声に対する思いを述べています。

ほととぎすは、なほさらにいふべきかたなし。いつしかしたり顔にも聞こえて、卯の花、花橘などに宿りをして、はた隠れたるも、妬《ねた》げなる心ばへなり。

ほととぎすは、やはり全く（どのように言っても）言いようがない（ほど、素晴らしい）。（ほととぎすは、初夏になると、鳴く声が）いつの間にか得意顔にも聞こえて、卯の花や花橘などの木々に（旅先での）宿りにして、（姿が）半分ほど隠れているのも、憎らしく思う（ほどの奥ゆかしさを感じる）趣きである。

清少納言は、巧く言い表すことができないほど、ほととぎすを素晴らしいと賞賛しているのです。そして、その賞賛すべき奥ゆかしい様子について語っています。

まず、ほととぎすが里に飛んで来た姿に、心憎いほどの奥ゆかしさを感じています。鳴き声が季節の訪れを告げるかのように、得意顔に聞こえているのに、卯の花や花橘などに姿が半分ほど隠れているのが心憎いと感嘆しているのです。最後に、ほととぎすの鳴き声について、こう記しています。

五月雨の、みじかき夜に寝覚めをして、「いかで人よりさきにきかむ」と待たれて、夜深くうち出でたる声の、らうらうじう愛敬づきたる、いみじう心あくがれ、せむかたなし。六月になりぬれば、音もせずなりぬる、すべていふもおろかなり。

（『枕草子』四十一段）

五月雨の（降る）短い夏の夜に、目が（ふと）覚めて、どうにかして人より先に（ほととぎすの鳴き声を）聞きたいと待たれて、夜中近くに鳴き出した声が、気高くて、可愛らしさがあるのは、ひどく心がひかれて落ち着かず（どうしょうもない）。ほととぎすは、六月になると、（鳴き）声もしなくなってしまうことは、（何かも）すべて、（奥ゆかしいと）言っても言い足りない。

清少納言は、五月雨の降る、短い夏の夜に、寝覚めをしてまで、ほととぎすの鳴き声をなんとかして人より先に聞きたいと待っているのです。言わば、ほととぎすの鳴き声に懐かしさや慕わしさなどを覚えていたのです。ふいに鳴き出したほととぎすの夜声は、気高さがあって美しくて、しかも、可愛らしさがありました。その夜声に心惹かれて、呆然と聞き惚れていたのです。その感情を増幅するかのように、ほととぎすは、六月になると、ぴたっと夜声もしなくなるのです。そこに、清少納言は、ほととぎすの深い心遣いがあると感じ取ったのです。何もかも奥ゆかしいと言っても、言い足りないと褒め言葉で言い終わっています。このように、清少納言はほととぎすの、木々の梢にとまる姿や鳴き声などを、理想の女性のしぐさや声の有り様のように賞賛していたのです。

第三章

闇のうつつ〈愛の民俗〉

一　「女」の嗜《たしな》み

奈良・平安時代の頃、結婚の形態は、男性が女性の許に通って行く「通い婚」でした。その通い婚に関わる風習などについて、考えてみます。

むばたまの　闇のうつつは　さだかなる
夢にいくらも　まさらざりけり
（『古今和歌集』六四七）

昨夜の闇の中で、逢瀬したという現実は（まったく、儚くて）はっきりしている夢の中の逢瀬にどれほども勝っていなかったなあ。

「むばたまの」は、「闇」にかかる枕詞です。恋の歌で、「闇のうつつ」と言うと、「恋は闇だ」という言葉を連想するかもしれません。人は、恋をすると思慮分別を失って、大胆な行動をする、という意味です。「闇のうつつ」は、昨夜の闇の中で、愛しい人に逢ったという現実のことです。

当時、男性が女性の許を訪れるのは、月の出始めた夕暮れで、帰るのは月の沈み始める暁の頃でした。ところが、男性は、女性に逢いたい思いが募り、曇天の暗闇の夜、女性の許を訪れて契りを結んだのです。

一方、女性は、愛しい人と「月」をながめながらの風情のある逢瀬でないので心寂しく、儚いものと感じたのです。

「さだかなる　夢」は、はっきりとした夢のことで、愛しい人が夢にはっきりと現れて、逢ったことを意味しています。当時（主に奈良・平安時代）の人は、愛しい人が自分のことを思っていると、夢の中に相手の姿が現れると信じていました。女性の側には、夢の中で愛しい人と逢瀬をしたと思う、儚い心情があったのです。男性が女性の許に訪れる当時の通い婚では、女性は、もっぱら待つ身でした。

男性が女性の許に通って行くまでの経緯などを考えてみましょう。

恋は、「乞ひ」（こひ）ということで、相手の魂を自分の方に招き寄せるという意味を表す言葉です。言わば、恋は、「魂乞い」であったのです。そして人は思いが募ると、必ず自分の気持ちを相手に知らせようとします。つまり、「訴ふ」（うったふ）ことです。この「うったふ」の促音便「っ」の無表記が「歌ふ」なのです。歌は、自分の気持ちを相手に告げ、知らせるものであったと思います。

春と秋に、若い男女が一定の場所に集まって歌を掛け合い、舞踊などを行なう「歌垣」という行事がありました。この行事によって男女は互いに心の通じ合った者どうしが「契り」を結んだのです。これは一般庶民の場合のことです。

では、当時、貴族はどのようにして、契りを結んだのかを考えてみましょう。

貴族の殿方は、どの姫君と契りを結ぼうかと、今と同じようにあれこれと、目当ての女性を探していました。

奈良・平安時代には、女性は髪が長いことが美人の重要な条件でした。そして女性が身に付ける教養は、和歌と書道、それから琴を弾くことでした。当時、女性は屋敷の奥まった部屋に住んでいたので、言うなれば、「深窓の姫君」だったのです。『堤中納言物語《つつみちゅうなごんものがたり》』にも、「鬼と女とは、人に見えぬぞよき」とあります。つまり、女性は容姿を人に見せないことが嗜みであったのです。

今でも、奥ゆかしいという言葉が使われています。これはつまり、奥を知りたいという気持

郵 便 は が き

料金受取人払郵便

上野局承認

9150

差出有効期間
2025年3月
31日まで

1 1 0 - 8 7 9 0

1 9 0

東京都台東区台東 1-7-1 邦洋秋葉原ビル2F
駒草出版 株式会社ダンク 行

ペンネーム

□男 □女 (　　　)歳

メールアドレス (※1)　新刊情報などのDMを □送って欲しい □いらない

お住いの地域

都道
府県　　　市区郡

ご職業

※1 DMの送信以外で使用することはありません。
※2 この愛読者カードにお寄せいただいた、ご感想、ご意見については、個人を特定できない形にて広告、ホームページ、ご案内資料等にて紹介させていただく場合がございますので、ご了承ください。

本書をお買い上げいただきまして、ありがとうございました。
今後の参考のために、以下のアンケートにご協力をお願いいたします。

(1) 購入された本についてお教えください。

書名：

ご購入日：　　　　　　年　　月　　日

ご購入書店名：

(2) 本書を何でお知りになりましたか。(複数回答可)

□広告（紙誌名：　　　　　　　　　　　　　　）　□弊社の刊行案内
□web/SNS（サイト名：　　　　　　　　　　　）　□実物を見て
□書評（紙誌名：　　　　　　　　　　　　　　）
□ラジオ／テレビ（番組名：　　　　　　　　　　　　　　　　）
□レビューを見て（Amazon／その他　　　　　　　　　　　　　）

(3) 購入された動機をお聞かせください。(複数回答可)

□本の内容で　□著者名で　□書名が気に入ったから
□出版社名で　□表紙のデザインがよかった　□その他

(4) 電子書籍は購入しますか。

□全く買わない　□たまに買う　□月に一冊以上

(5) 普段、お読みになっている新聞・雑誌はありますか。あればお書きください。

〔　　　　　　　　　　　　　　　　　　　　　　〕

(6) 本書についてのご感想・駒草出版へのご意見等ございましたらお聞かせください。

(※2)

〔　　　　　　　　　　　　　　　　　　　　　　〕

ちからきています。女性は嗜みとして容姿を見せない、特に男性には見せないのです。それは父、兄弟に対しても同様でした。女性は屋敷の奥まった部屋で、琴の音色を巧みに奏でて、屋敷の外にいる殿方達にそれとなく、洩れ聞かせていたのです。

また、女性は、外出の際に牛車に乗った時、車の後ろから髪を少し、もれ垂らします。男性達は琴の音色を聞きながら、あるいは牛車の後ろからもれ垂らされた髪を見ながら、どんなに美しい人であるのかなと、胸をときめかしていたのです。そして男性は、恋心を抱いた女性に懸想の歌を詠んで贈ります。初めの頃は、女性に仕える侍女や乳母などが代わりに返し歌をしますが、ある一定の期間を経ると、女性自らが返し歌を詠みます。男性は、女性からの返し歌で、女性の人となりを思い浮かべていたのです。返し歌は情緒にあふれていて、文字は美しいことが重要でした。

そして男性達はふつう、女性の人柄などを知るために、世間の噂を聞くのです。今でも、「あそこの娘さんはなかなかの美人で、如才ない子よ」という噂を聞くことがありますが、それと同じようなことを当時の男性も聞いていたのです。女性の噂の出処や、その噂を広めるのも、女性の傍にいる乳母や侍女などが多かったようです。男性は、世間の噂を聞き、女性への思いを募らせたのです。

二　「音」に聞く——噂の女性へ贈る歌

世間の噂を聞くことを「音」に聞くと言います。それにまつわる、こんな歌があります。

音羽山《おとはやま》　音にききつつ　逢坂《あふさか》の
関のこなたに　年をふるかな

（『古今和歌集』四七三）

音羽山は、逢坂の関の近くであるが、愛しい人を噂に聞いたままで、逢える手前で、年を過ごすなあ。

「音羽山」は、「音」にかかる枕詞です。「音にききつつ」は、愛しい人を噂に聞いたままで、という意味です。「逢坂の関」の「逢坂」は、「逢ふ」という言葉を言うために使っています。つまり「逢」は、「逢ふ」を掛けている掛詞です。「関のこなたに」は、「関のこちらに」という意味です。

この歌は、愛しい人を噂に聞いたままで「逢坂の関ではないが、逢う手前で年を過ごすなあ」と逢えないことを嘆き悲しむ様子を詠んでいます。逢坂の関は、関所であるから、人が通り難い場所であり、この歌の心情を象徴しているようです。

『伊勢物語』では、ある男性が築地の崩れから女性の許に通っていたことを歌に詠みました。その家の主《あるじ》は、男性の訪れが度重なったため、男性の通い路に毎晩、番人を置いて見張らせました。それゆえ、男性は行っても女性に逢えずに帰って来たというのです。家の主は娘を将来、天皇の后《きさき》（正室）にしたいと思っていたのです。

その時、男性は、

人しれぬ　わが通ひ路《ぢ》の　関守《せきもり》は
よひよひごとに　うちも寝ななむ

（『伊勢物語』五段）

人知れず（秘かに）私の通って行く恋路を見張る関守は、毎晩、少しの間、寝ていて欲しい。

と詠んだのです。

「音羽山」の歌は、この『伊勢物語』の出来事を踏まえて詠んだものと思われます。次の歌は、藤原兼家が『蜻蛉日記《かげろうにっき》』の作者で道綱《みちつな》の母と呼ばれた女性に詠んで贈ったものです。

音にのみ　聞けばかなしな　ほととぎす
こと語らはむと　思ふ心あり

（『蜻蛉日記』）

噂にだけ聞くので、悲しいなあ。ほととぎすよ。言葉を交わしたいと思う心がある。

兼家は、若き日の道綱の母をほととぎすに見立てて呼び掛けているのです。ほととぎすは、人が「音」、つまり「声」にのみ聞く、姿を見せない鳥です。言わば、「あなたは、ほととぎすと同じで、奥ゆかしい振る舞いをする女性です。私は噂であなたのことを聞くだけで、辛く悲しいのです。是非ともあなたの容姿を見たい、ほととぎすよ」と呼び掛けたのです。

兼家は、懸想文《けそうぶみ》を贈った女性をこの上なく、褒め称えていたのですが、「こと語らはむ」と思う心があると言ったわけです。「こと語らは」（こと語らふ）は、言葉を語り続ける、という意味です。今でも「語らう」という言い方は、友と語らうなどと使っています。男性と女性が「こと語らふ」というのは、男性と女性が言葉を交わすという意味で、言わば契りを結ぶことです。つまり、兼家は、初めての懸想文の歌の下の句で、女性に契りを結びたいと思う「心」があると言っているのです。兼家は、何か大胆で、横柄な歌を詠んだのですね。

男性がふつう、初めての懸想文で、女性に契りを結ぶことを言うことはありません。女性の父は、官僚としての地位が兼家よりもかなり低かったので、兼家は横柄に振る舞っていたのだと思います。初めての懸想文はふつう、取り次ぎの乳母や侍女を使って、女性に贈るものです。そして女性は、懸想文に対して、直ぐに、自らの返し歌を書きません。焦らすのです。女性が焦らした後、乳母や侍女（多くの場合、乳母）が女性の代わりに返し歌を書いて男性に届けます。そうして男性とやり取りするうち、乳母などがこれなら大丈夫だと思うと、女性自らが返し歌を書いて、男性に届けます。そして、男性は、月の出る夕暮れの頃に女性の許に訪れて、契りを結ぶのです。かつてはこういう風習があったのです。

ところで、この女性は、兼家からの懸想文を見た時、直ぐに、紙と書かれた文字が目に付いたようでした。『蜻蛉日記』に、紙は「例のやうにもあらず」（いつもの懸想文で使う紙ではない）。言わば、ひどい紙であると書いています。文字は、「至らぬ所なしと聞きふるしたる手もあらじ。いとぞあやし」（すばらしいと聞いていた文字でもないだろう。とても見苦しい）と綴っています。女性は兼家からの懸想文が当時の風習などをないがしろにしたことを『蜻蛉日記』に書くことで、兼家の傍若無人な振る舞いを暗に非難したと考えられます。

三　垣間見る《かいまみる》――のぞきたい男の心理

男性は、ほのかに思う女性の噂を聞くと、なんとかして、女性の容姿や顔などを見たいと思いを募らせました。当時、女性は夫以外の、男性に容姿を見せないことが嗜みでしたから、男性は、女性の住む屋敷の周りを歩き回って築地の崩れや物陰などから、期待と不安の入り混じった思いで、そっとのぞき見たのです。つまり、「垣間見」をしたのです。

垣間見は、物のすき間からこっそりとのぞき見ることで、男性が女性の容姿を見る唯一の手段でした。女性の住む屋敷の周りに築地の崩れがなければ、物陰で耳を澄まして、屋敷から漏れ聞こえる声などをじっと待っていたのです。

初雁の　はつかに声を　聞きしより
中空にのみ　ものを思ふかな

（『古今和歌集』四八一）

初雁の鳴く声のように、わずかに、あなたの声を聞いた時から、上の空ばかりでもの思いに耽けるなあ。

「初雁」は、「はつかに」にかかる枕詞で、秋に北から飛んで来る鳥のことです。当時の人は、初雁の鳴く声を「初雁が音」と言って、爽やかなものと思っていたのです。

秋風に　初雁が音ぞ　聞こゆなる
誰がたまづさを　かけて来つらむ

（『古今和歌集』二〇七）

秋風に乗って、初雁の鳴く声が聞こえて来る。誰の手紙を身につけて、来たのであろうか。

また、当時の人は、初雁は中空を飛んで来ると考えていました。男性は、屋敷の付近で、わずかに聞こえた女性の声に爽やかな心地がしたので、初雁の飛ぶ中空のように、上の空で、女性への恋しい思いを募らせて、思い悩んでいるのです。そして男性は、女性の容姿をそっと見る機会がないかと考えます。言わば、女性を垣間見る機会を待とうとしたのです。

当時の男性は、女性の侍女と馴染みになり、侍女の手引きで屋敷の物陰や木の陰などから女性の容姿を簾越しにのぞき見しました。そして簾の中にぼんやりと見える女性に、胸をときめかせていたのです。

次の歌は、男性が女性をほんの少し垣間見たことを詠んでいます。

春日野の　雪間《ゆきま》をわけて　生《お》ひ出《い》でくる
草のはつかに　見えし君はも

（『古今和歌集』四七八）

春日野の雪の消え間を分けて、萌え出て来る若草のように、わずかに姿を見かけたあなたかなぁ。

「春日野の　雪間をわけて　生ひ出でくる　草の」は、「はつかに見えし」を導く序詞です。

詞書に「春日祭にまかれりける時に、物見に出でたりける女の許に、家をたづねてつかはしける」とあります。

春日野の残雪の間を分けて、萌え出て来る若草は、はつらつとして、初々しい姿です。男性は、春日神社の祭りでわずかに垣間見た女性に、はつらつとした、初々しい美しさを感じたのです。若草の萌え出て来る姿を重ねて、わずかに垣間見た女性の美しさを具象的に印象付けています。序詞の働きを活かしているのです。はつらつとして、初々しく美しい「君かも」と、女性の許に訪れたいという余情が豊かな詠み振りで終わっています。男性は女性にほのかな恋心を抱いたのです。

見ずもあらず　見もせぬ人の　恋しくは
あやなく今日や　ながめくらさむ

（『古今和歌集』四七六）

見ないわけでもない、見たわけでもない人が恋しくて、わけがわからず、今日は、もの思いにふけって過ごすのだろうか。

詞書に「右近の馬場のひをりの日、むかひに立てたりける車の下簾《すだれ》より、女の顔のほのかに見えければ、よみてつかはしける」とあります。

この歌は、宮中の右近衛府《うこんえふ》の馬場で騎射試合の行われた五月六日、男性が女性を下簾越しにのぞき見たことを詠んだのです。「恋しくは」の「は」は、係助詞で、「恋しく（て）」の意味を表し、「ながめくらさむ」に掛かっています。

男性は、向かい側に止めてあった牛車の下簾を透かして見た女性を「見ずもあらず見もせぬ人」と、ぼんやりとしながらも恋しくて、今日はもの思いに耽って過ごすのだろうかと、思いを訴えたのです。恋は闇という事です。

四　婚《よば》ひ——夜這いとの違いは？

男性は垣間見などをして思いを掛ける女性に歌を贈り、何度か贈答歌をやり取りしてから後、女性が自ら読んだ返し歌を受け取ると、女性の許を訪れて求婚しました。

男性が女性に求婚することを「よばひ」と言います。つまり、男性が求婚のため、女性に呼び掛けることを「呼ばひ」あるいは「婚ひ」と書くのです。そして、男性が呼び掛けた時、女性が「はい」などと返事をすると、それで（求婚を）承諾したことになったのです。
また、「夜這ひ」は「婚ひ」と同じ読みですが、意味が異なります。これは夜、女性の寝所に忍び込むことを言います。つまり、求婚する「婚ひ」があって、「夜這ひ」をするわけです。
また、当時の人は、「婚ひ」のことを「妻問ひ」（恋い慕って言い寄ること）と考えていました。

籠《こ》もよ　み籠《こ》持ち　ふくしもよ　みぶくし持ち　この岡に　菜摘ます児
家聞かな　名告《なの》らさね　そらみつ　大和の国は　おしなべて　我れこそ
居れ　しきなべて　我れこそいませ　我れこそば　告《の》らめ　家をも名を
も
（『万葉集』一）

籠もよいお籠を持ち、ふくしもよいふくしを持って、この岡で若菜を摘みなさる娘さんよ。家を聞きたいなあ。名前をおっしゃって欲しい。この大和の国は、すべて、私が治めているのだ。広く治めて、私がいるのだ。私は告げよう、家も、名をも。

「そらみつ」は、「大和」にかかる枕詞です。これは、雄略《ゆうりゃく》天皇が若菜摘みをしている女性に呼び掛けて詠んだ歌で、言わば、妻問いの歌です。

女性は、大和の国を治めている天皇が求婚していることから、ふつうの女性ではありません。天皇は、女性が若菜を摘む、あるいは名前を言う動作に、それぞれ「摘みなさる」とか、「おっしゃる」と、敬語表現をしています。また、女性の持つ「籠」を「み籠」、土を掘る道具「ふくし」も「みぶくし」と、接頭語「み」で敬意を表しています。

この若菜摘みをする女性は、その土地に籠る精霊、言わば、神に仕えて、神楽・祈祷などを行い、神の意思を受け、神託を告げる巫女《みこ》であったと考えられます。若菜を摘む地域の代表的な、未婚の女性だとも推測されます。

天皇は、妻問いのため、女性に呼び掛けているのです。女性が自分との結婚を承諾すれば、女性が若菜を摘んでいる地域は自分の領有になると考えたのです。この歌には、実はそういった背景がありました。

天皇は、家も名も告げると強い意志を表して、女性に結婚を承諾させるぞという思いを抱いていたのです。

当時の人は、氏族の霊魂が家に籠っていたり、また人の霊魂が名に籠っていると考えていました。

また、人は名前を知られていないと、何か好き勝手なことができると思うことがありますが、逆にあの人は私の名前を知っているから、悪いことはできない、と思うことがあります。

これは、人の名に、その人の霊魂が籠っていると考えられていたということにも関係があるのかもしれません。

また、当時の人は、他の人に自分の家や名を知られると、自分が何か、その人に支配されたように思っていました。そこで天皇は、女性に妻問いのために家を聞きたい、名を告げなさいと言ったのです。女性が天皇に家と名を告げるということは、結婚を承諾したことになるのです。

男性が妻問いをして、女性が返事の言葉を返すと、男性は夜、女性の許を訪れるようになるのです。それを省略して、夜這いと言います。

妻問いをしてから、夜這いをする、という二つの過程があるのです。

次の歌は、どちらかと言うと、夜這いのことを詠んでいます。

他国《ひとくに》に　よばひに行きて　太刀《たち》が緒も
いまだ解かねば　さ夜ぞ明けにける

（『万葉集』二九〇六）

よその国に妻問いに行って、太刀の紐もまだ解かないのに、夜が明けてしまったなあ。

男性は宵の頃に女性の家を訪れて、暁（夜明け前）に女性の家から帰るという風習を守っていました。この歌の詠み人もいつものように、妻問いのため、月の出た夕暮れに、よその国の女性の家に出掛けたのです。彼は程よい時刻に女性の家にたどり着けると考えて行ったのですが、思ったよりも時間がかかり、暁よりも遅い夜明けに、女性の家に着いたのです。女性と打ち解けて、契りを結ぶどころか、夜が明けてしまったと、がっかりしたのです。またこの人は、女性の寝所に太刀を付けて入っているところから、武骨な人柄であったことがうかがい知れます。

五　暁の別れ

男性にとっては、いつ、女性の許を訪れるか、これが微妙な問題でした。当時の人は通い婚でしたので、生活の中心は夜でした。それ故、当時、夕方から朝までの時間は細かく区切られて、呼び方も異なっています。

夕方は、「ゆふべ」「よひ」「よなか」で、朝までは、「あかつき」「あけぼの」「あした」になります。「あした」は、翌日のことではなく「朝」のことです。これよりも細かく分けた名称もあるほどです。

当時、男性は、夜明け前のまだ薄暗い頃に女性と別れて帰ります。

『伊勢物語』の五十三段に、このような箇所があります。

むかし、男、逢ひがたき女に逢ひて、物語などするほどに、鳥の鳴きければ、

いかでかは　鳥の鳴くらむ　人しれず
思ふ心は　まだ夜ぶかきに

昔、男がなかなか逢えない女性に逢って、(睦まじい)話などをする中に、(夜明けを告げる)鳥が鳴いたので、

どうして鳥が鳴くのであろうか、夜明けでないのに。秘かに、あなたを思っている私の心は、まだ夜深いのに。

男性は、到底逢うことができない(はずの)高貴な女性と親しみ深く話などをしていると、暁を告げる鳥が鳴くのを聞きました。秘かにその女性を恋い慕う彼(男性)は、自分自身の心も時刻もまだ夜深くて明るくはないのに、女性と別れて帰るのを促すように鳴く鳥を憎らしく思ったのです。

共寝をした男女が別れる夜明けの頃は、男女ともに微妙な心情を抱いていました。

東雲《しののめ》の　ほがらほがらと　明けゆけば
おのがきぬぎぬ　なるぞ悲しき

(『古今和歌集』六三七)

東の空が白み、ほのぼのと夜が明けて行くので、一人ひとり、(自分の)着物を(それぞれ)着

て別れる朝であるのが悲しい。

当時、人は契りを結ぶ時に、それぞれの衣服を重ねかけて共寝をしました。従って男女が共寝をすることを、「衣を交わす」とも言います。衣は人の魂が籠るもの、あるいは、人の魂が依り来るものと思われていましたので、衣を交わすことは、「魂合う」ことでもあったのです。男女が共寝をした翌朝は、一人ひとり衣服を着て別れる風習があったのです。これを「きぬぎぬ」(「衣衣」、あるいは「後朝」)と言います。

共寝をした男女は、夜明けの空が明るくなって行くのを心地好く感じていました。それは、二人が契りを結んだ、ほのぼのとした心情を思わすものでした。一方で、夜が明けてきぬぎぬの別れになったと、切なく悲嘆してもいたのです。

当時の人にとって、きぬぎぬは、暁の悲しみを象徴する風習であったのです。そしてその衣には、一人ひとりの魂が籠っているのです。

しののめの　別れを惜しみ　われぞまづ
鳥よりさきに　泣きはじめつる

(『古今和歌集』六四〇)

東の空が明るくなって、別れが惜しく思うので、私こそ真っ先に、鳥よりも先駆けて泣きはじめていた。

「別れを惜しみ」は、別れが惜しいので、という意味です。また、「惜し」（をし）は、「愛し」（をし）と同じ意味合いを表しています。

作者の女性は、夜明けの頃に鳴く鳥よりも先駆けて、愛しい人との別れを切なく悲しみ、夜深い頃に泣き始めていたのです。

有明の　つれなくみえし　別れより
暁ばかり　憂きものはなし

（『古今和歌集』六二五）

有明けの月が、（夜が明けても）素知らぬ顔で（空に掛かって）見えたように、恋した女が冷淡に思われた別れの朝から、暁ほど、辛いものはない。

この男性は女性と逢瀬をして、しののめの別れで家に帰る途中、有明けの月をながめていました。

「有明の　つれなくみえし　別れより」の「つれなくみえし」は、「有明の」の述部になるとともに、「別れ」を修飾しています。「つれなし」は、「有明」と「別れ」に掛かっています。

このつれなしという言葉は、「あの人は、つれない人だ」などと、今でも使われています。つれない人は、他の人に対して無関心で、思い遣りの気持ちがない人のことで、薄情、冷淡などを意味します。「有明」は、有明けの月のことで、夜が明けても、空に白く、うっすらと残っている月を指します。

男性は、有明けの月が、夜が明けても素知らぬ顔で空にあって、何となく冷淡に思えたのです。その月をながめながら、別れ際の、恋した女性の冷淡さが脳裏に浮かんだのです。男性は女性の冷淡さを有明けの月に重ねて具象化することで、実感しています。

男性は、女性が冷淡に思われた別れた朝から、暁ほど辛いものはなかったとの心情を吐露しています。そして有明けの月をながめる辛さと暁の別れの辛さという、二重の辛さを感じていたのです。なお、この歌には、有明けの月だけが冷淡に見えたという捉え方もあります。

六　事後の気持ちをしたためた後朝《ごちょう》の文（歌）

一夜の契りを結んだ翌朝、男性が恋心などを歌に詠み、女性に届ける風習もありました。これを「後朝」の歌と言います。

あひ見ての　後の心に　くらぶれば
昔はものを　思はざりけり

（『拾遺和歌集』七一〇）

あなたに逢って契りを結んでの後の、切ない心に比べると、あなたに逢わない以前は、何かを思い悩むことはなかったなあ。

「あひ見ての後の心」は、一夜の契りを結んだ翌朝の心のことで、「後朝」の心を意味します。この男性は、契りを結んだ翌朝から、女性に逢いたい思いが募り、何かを思い悩んでいたのです。そして切ない心情を女性の心に訴えたのです。男性は、きぬぎぬの後の翌朝、思いが募る心情を詠んだ歌を女性に届けました。女性に文を送るということで、後朝の文でもあるのです。

「後朝」の文には、こういったおもしろい歌があります。

君や来し《こ》　われや行きけむ　おもほえず
夢かうつつか　寝てか覚めてか

（『古今和歌集』六四五）

昨夜は、あなたが来て下さったのか、私が伺ったのだろうか、わかりません。昨夜のことは、夢であったのか、現実のことであったのか。眠っていたのだろうか、目覚めていたのだろうか。わからない。

この歌には、次のような詞書《ことばがき》があります。

業平朝臣《なりひらあそん》の伊勢国にまかりたりける時、斎宮《さいぐう》なりける人に、いとみそかに逢ひて、またの朝に、人やるすべなくて、思ひをりけるあひだに、女のもとよりおこせたりける。

業平朝臣が伊勢の国に参りました時、斎宮であった人に、とても秘かに逢って、翌朝に、人を遣わして、後朝の歌を届ける方法がなくて、思っていたときに、女のところから寄越した（後朝の）歌。

斎宮は、天皇の名代として伊勢神宮に奉仕した未婚の内親王、または女王のことです。後朝の歌は、大体、男性が女性に逢って契りを結んだ翌朝、女性の許に届けるものでしたが、これは、女性からの歌です。伊勢神宮の神に奉職する女性が男性に「いとみそかに逢ひて」というのは、恋のために思慮分別を失っていたのだと思われます。この女性は、神をも恐れぬ恋心を抱いていたのです。女性は、どちらが訪れたのか、夢か現実のことか、眠っていたか目覚めていたかなど、男性との逢瀬を何が何だかわからないと、男性に訴えてきたのです。男性は、斎宮という女性の立場を慮って、後朝の歌を届ける方法を思案していました。そこで、男性は、次のように返しの歌を詠んだのです。

かきくらす　心の闇に　まどひにき
夢うつつとは　世人《よひと》さだめよ

（『古今和歌集』六四六）

あなたを思って、悲しみにくれる「心の闇」に迷ってしまった。夢か、現実のことかとは、世の人が決めてもらいましょうよ。

「心の闇」は、あれこれと思い悩んで、分別を失った心を闇に譬《たと》えています。言わば、迷いの心のことです。恋しい人のために思い悩んで、迷っている「恋の闇」のことを指しています。男性は、斎宮という立場の女性にもう逢えないと考えると、恋しい思いが募って、悲しみのために、どうしたらよいか分からなくなっていたのです。

そこで彼（男性）は「お逢いしましたが、『恋の闇』に迷っていたので、昨夜の『契り』があったかどうか、覚えていません。世の人が決めることです」と後朝の歌を詠み、斎宮に届けたのです。

男性は斎宮という立場の女性を慮って、敢えて素っ気ない後朝の歌を詠んだと考えられます。後朝の歌として、こんなことを詠んだものもあります。

さ夜ふけて　天《あま》のと渡る　月かげに
飽かずも君を　あひ見つるかな

（『古今和歌集』六四八）

夜が更けて、空の狭い所を渡る月の光に、ほんの僅かの間、もの足りなくも、あなたに逢って契りを結んだなあ。

「天のと」は、天の瀬戸のことで、空の狭くなった所という意味です。天を海に譬え、空のことを言っているのです。「さ夜ふけ」（さ夜ふく）は、深夜のことで、暁までにはまだかなり時間があります。ところが男性は、月の光が薄くなり、有明けの月で、暁になったと思い、女性としののめの別れをしたのです。

男性は、ほんの僅かな間、物足りないくらいでも、あなたと契りを結び、感激を新たにしたと詠んだのです。そして、「白くなった月の光に飽かずも」と言いながら、女性に逢いたい思いの切なさも語ったのです。

七　通い婚と三日の餅という風習

七―一　三日夜の餅

当時の結婚は、婿取り婚で、男性が女性の許に通う通い婚でした。そして、娘の両親は、男性が後朝の歌を送って、娘の許に三日間通い続けると、娘との契りが固いと思い、披露宴を行なったのです。

まず、両親がすることは、「三日の餅」の御祝いでした。これは、男性が娘の許に通う三日目の夜、新郎として、新婦とともに祝いの餅を食べるという風習です。この餅を三日の餅、あるいは三日の夜の餅とも言います。

『**落窪物語**』にこんな一節があります。

夜さりは、三日の夜なれば、いかさまにせん、こよひもちひいかでまるるわざもがなと思ふに、

夜となる頃は、三日の夜であるので、どのようにしようか。今夜も三日の餅を何とかして、差し上げる行事であればよいなあと思う。

当時は、婿取り婚であったので、娘の両親は三日の夜の餅の御祝いが行われることを願っていました。

『古事類苑』の礼式に、このような記述があります。

三日の餅の御祝あり、餅をかはらけにもり三方にすゑて、いざなぎのみことにそなへ奉る。

三日の餅の御祝いがある。餅を「土器」に盛って三方に置いて、伊弉諾の命に供え申し上げる。

三日の餅の御祝いには、夫婦の契りを結ぶという意味の他、神に餅を供えて、両親や親族などが皆で餅を食べることで、神と人、あるいは人と人との結び付きを強めるための、儀礼的な意味合いがあったと思われます。

七−二 所顕《ところあらわ》し

男性は、三日の餅の御祝いが終わったあと、娘の両親、それから親族と対面します。このことを「所顕し」と言います（一章でも言及）。

『栄華物語』に、こんな一節があります。

四五日ありてぞ御ところあらはしありける。

所顕しは、男性が婿として、両親や親族などに初めて認められることです。ところが男性は、三日の餅の御祝いや所顕しを行なって、婿として披露されても娘の許に通って来なくなることもあったのです。つまり、男性は三日間、女性の許に通い続けて婿になっても、そのあとに他の女性の許に通って行くことがあったということです。

清少納言は、婿になった男性が女性の許に通って行かなくなったこと、言わば、男性の信頼できない心を『枕草子』に書いています。

いみじう仕立てて婿どりたるに、ほどもなく住まぬ婿の、舅に会ひたる、「いとほし」とや思ふらむ。

ある人の、いみじう時にあひたる人の婿になりて、ただ一月ばかりもはかばかしう来で、やみにしかば、すべていみじういひ騒ぎ、乳母などやう者は、禍々しき言などいふもあるに、その返る睦月に、蔵人になりぬ。「あさましう、『かかる仲らひには、いかで』とこそ、人は思ひたれ」など、いひあつかふは、きくらむかし。


（第二四八段）


たいそう準備して婿を迎えたのに、まもなく娘の許に通って来ない婿が、舅に出会った時、婿は、気の毒だと思うだろうか。

ある人が、非常に羽振りのよくときめいている人の娘婿になって、ほんの一月ほども、頼りになるように娘の許に通って来ないで、途絶えてしまったので、娘の邸では、総じて皆、ひどく言い騒ぎ、乳母などという者は、不吉な言葉などを言うこともあるのに、その翌年の一月に、その婿が蔵人になった。

「驚いたなあ。『舅とこのような間柄では、どうして、蔵人に』と、人は思っていたのに」など世間で噂するのは、婿も聞いているだろうよ。

「住む」は、男性が女性と結婚して、女性の許に通うことです。「時にあひたる人」は、よい時機にあって栄えている人のことです。言わば、時勢に合って羽振りのよい人、あるいはときめく人のことです。

男性は、舅が三日夜の餅など、婿取りの準備を盛大にしたのに、娘の許に通わなくなりました。そしてこの男性は舅に会った時、娘や舅などに対する誠実な心遣いも示さなかったのです。ときめく人の娘婿になった男性は、ほんの一月ほども、まともに娘の許に訪れることもなく、途絶えてしまったのです。

邸では婿が訪れないのを皆、かなり言い騒ぎ、乳母は、婿に災いがあるように、不吉な言葉を言ったりもしたのです。ところが翌年の一月、その男性は、蔵人になったのです。世間の人は、ときめく舅と娘婿の今の間柄を考えると、まさか婿を蔵人にするとは、と驚いたのです。言わば、舅は、「怨む」思いより「徳」を以って、娘婿の男性を蔵人にしたのです。婿はそんな世間の噂を聞いて、舅の心を感じたでしょうが、娘の心を思う誠実さもなかったのです。

八　待ち人の訪れる兆しを読み、占う

男性が婿になったのち、女性の許に通わなくなることを、「夜離《よが》れ」と言います。清少納言は、「頼もしげなきもの」の一つとして、常に夜離れをする婿について書いています。

心短く、人忘れがちなる婿の、常に夜離れする。（第一五七段）

飽きっぽく、妻を忘れがちな婿が、何時も「夜離れ」をすることよ。

女性は男性の訪れが途絶えても、ひたすら待っているのです。当時、女性は言わば、「待つ人」だったのです。では、女性はどのようにして、男性の訪れを待っていたのでしょうか。

当時の女性は、「待ち人」の訪れる前兆を占いで知ろうとしていたのです。

では、女性は、何によってそれを占っていたのでしょうか。その手掛りとして、「訪れる」の語源から考えてみます。

当時の人は、訪れることを「おとづる」、あるいは「おとなふ」と言っていました。まず、「おとづる」は、訪ねる、手紙で様子を尋ねる、声や音を立てるという意味があります。また、「おとなふ」は、音がする、訪れる、便りをするという意味があります。当時、人は訪れることを「音づる」、あるいは「音なふ」と言っていたので、女性は「音」あるいは「声」によって、男性が訪れたことを知ったのではないかと考えられます。
当時、男性の訪れを待つ女性、例えば、姫君などは、屋敷の奥の方の部屋で暮らしていたので、姫君がまず身近に聞いていたのは、風の音ではないかと思います。人の訪れを察したものとして、まず風を取り上げてみましょう。

八－一　風の便り

君待つと　吾が恋ひ居《を》れば　我が屋戸《やど》の
すだれ動かし　秋の風吹く
（『万葉集』四八八）

あなたのお出でを待っていると、私が慕わしく思っているので、我が家の戸口の簾をさやさやと動かし、秋の風が吹く。

これは額田王の一首です。今にも愛しい人がお出になるか、と待ち焦がれていたところ、我が家の出入り口の簾がかすかな音を立てたので、心をときめかせましたが、秋の風ばかりが吹いて来て気落ちしたと詠んでいます。女性が風の便りに淡い期待を抱いていたことがうかがえます。

風の便りとは、風が何らかの兆しを知らせる使いであるという意味を表しています。

風をだに　恋ふるはともし　風をだに
来むとし待たば　何か嘆かむ

（『万葉集』四八九）

風にさえも恋い慕う人は羨ましい。風にさえも、愛しい人が来るだろうと待っているなら、どうして嘆くだろうか。

これは、「君待つと」の歌に応えて、姉の鏡王女《かがみのおおきみ》が詠んだ歌です。

風の便りにさえも、心をときめかせて、愛しい人の訪れを待ち焦がれている、あなたが羨ましいです。なぜ、嘆くのですか。私は風の便りにさえ恋慕うこともなく、まして訪れる人を待つこともないと、もの寂しい真情を吐露した歌です。せめて、風の便りが訪れて欲しいなあと願ったのです。

八－二「蜘蛛」の振る舞い

蜘蛛が巣を作る動作も、待ち人の来る前兆とされました。蜘蛛が巣を作って、虫などが来るのを待つことから、そう考えられていたのです。蜘蛛の巣から人の住むところを連想したのです。

蜘蛛が一生懸命に巣を作っている姿を見て、女性は「ああ、男性が通って来るのだなあ」と思ったのです。

わが背子が　来べき宵なり　ささがにの
くものふるまひ　かねてしるしも

（『古今和歌集』一一一〇）

愛しい夫が来るはずの宵である。蜘蛛の振る舞いは、前もって、著しいなあ。

「ささがにの」は、「蜘蛛」にかかる枕詞です。「背子《せこ》」は、女性が夫、あるいは愛しい人を呼ぶ言葉です。

女性は、蜘蛛の巣を作る動きが前もって著しいので、宵には愛しい夫が訪れて来ると、待ち焦がれているのです。

今しはと　わびにしものを　ささがにの
衣にかかり　我を頼むる

（『古今和歌集』七七三）

今となってはもう、恋が終わりだと思い悩んでいたのに、「蜘蛛」が着物に垂れかかり、私を期待させるよ。

「ささがに」は、蜘蛛のことです。「今しはと」は、「今となってはもう、恋が終わりだと」という意味です。

女性は、今はもう、恋が終わって愛しい人も通って来ないと思い悩んでいると、蜘蛛が着物に垂れかかってきたのです。

当時の人は、蜘蛛が着物に付くことを、愛しい人の訪れる前兆として喜んでいました。蜘蛛が着物に巣を作ろうとしている、その巣は住むところ、言わば、通って来るところを意味します。

女性は蜘蛛が着物に垂れかかったため、恋心に明かりを灯して、頼みにしたのです。切なく、やるせない恋心が感じられます。

八―三　影

また、当時の人は、相手が自分に恋焦がれていると、相手の姿が水に映ると信じていました。影も、愛しい人の訪れの前兆だったのです。

わがつまは　いたくこひらし　飲む水に
影さへ見えて　よに忘られず

（『万葉集』四三二二）

私の妻は、ひどく私を恋しがっているに違いない。私の飲む水に影までが映って見えて、決して忘れることができない。

この男性は、愛しい妻の姿が飲む水に映って見えるほど、逢いたい思いが慕っていました。そして飲む水に妻が映って見えたので、妻も私に逢いたがっている、恋しがっていると思ったのです。当時、影には夢と同じ意味合いがありました。

次の歌は、影を詠んだ、おもしろい歌です。

朝影に　わが身はなりぬ　たまかぎる
ほのかに見えて　往にし子ゆゑに

（『万葉集』二三九四）

朝影のようにやせ細った姿に、私はなってしまった。ほんのちょっと逢って、去って行ったあの娘のために。

「朝影」は、朝日の光によってできる、淡く細長い影のことで、男性が娘への恋心で、やせ細ってやつれた姿を譬《たと》えています。言わば、男性のやつれた姿のことです。「たまかぎる」は、「ほのかに」にかかる枕詞です。

この男性は、女性がほんの少しの間だけ逢って、去って行ったので、朝日を受けて帰る道すがら、女性との恋を思い悩んで、とぼとぼと歩いていました。つまり、女性に焦がれるあまり、朝影のように、やつれた姿になったのです。

また当時、「夕影」という言葉もありました。これは、夕日に映える姿を言い表す言葉でもありました。

八ー四　夕占《ゆふけ》

待ち人の前兆として、「夕占」という占いもありました。夕占は、夕方、道端に立って通行人の話を聞いて吉凶を占うことで、言わば「辻占い」のことです。

夕占にも　占《うら》にも告《の》れる　今夜だに
来《き》まさぬ君を　いつとか待たむ

（『万葉集』二六一三）

夕方の辻占いにも、他の占いにも、あなたに逢えるとお告げがあった、今夜でさえも、逢いに来て下さらないあなたを、いつ来て下さるのか、と待っていようか。

この女性は、辻占いや他の占いなどで、今夜には愛しい人に逢えるとお告げがあり、訪れを心待ちしています。愛しい人が通って来ないなあと思いながらも、いつかきっと訪れると待っていたのです。

夕占問ふ　わが袖に置く　白露を
君に見せむと　取れば消《け》につつ
（『万葉集』二六八六）

夕方、辻占いをする私の着物の袖に置く白露をあなたに見せようと、手に取ると、しきりに消えてしまって。

この女性は、辻占いをする時、着物の袖の上に置く露が光り輝くので、愛しい人が通って来る兆しだと、喜びを感じていたのです。

当時の人は、着物の袖には、人の魂が依り来ると考えていました。また、露は、儚い人の命に譬えて、「露の命」と言います。
そして女性が袖の露を愛しい人にも見せようと手に取ったところ、消えてしまって悔しく思っているのです。
「白露」は、男性が女性の許を訪れることを象徴していると考えられます。また、当時行われていた占いには、「足占《あうら》」「石占《いしうら》」などもありました。

八－五　夢

夢も、想い人の訪れを占うものでした。

思はずも　まことあり得むや　さ寝《ぬ》る夜の
夢《いめ》にも妹《いも》が　見えざらなくに

（『万葉集』三七三五）

あなたを思わないでも、ほんとうに、いることができるだろうか。寝る夜の夢にもあなたが現れるのになあ。

「さ寝る」（さ寝《ぬ》）は、寝る、あるいは共寝をするという意味です。「見えざらなくに」は、見えないことがないのに、という二重否定で、見えるのになあ、という強い肯定の意味になります。現れるのになあ、ということです。

この歌は、男性が独り寝の寂しさを詠んでいます。男性は、独り寝をした夜の夢にも女性が現れていたので、女性がこんなにも自分を思っているのだ、と知っていたのです。男性は独り寝の夜に、女性に逢いたいという思いが募っていたのです。

うたたねに　恋しき人を　見てしより
夢てふものは　頼みそめてき

（『古今和歌集』五五三）

うたた寝の夢に、恋しい人を見た時から、夢というものは、頼りにし始めた。

「夢てふもの」は、夢というもの、という意味です。また、夢は、儚いことの譬えに言います。

女性は、愛しい人をうたた寝という仮寝の夢で見たから、愛しい人が自分を恋い慕っていると思ったのです。女性はせめて、夢の中で愛しい人に逢いたいと思い、儚い夢を頼りにし始めたのです。

女性は、愛しい人の姿が夢に現れれば、自分を思っているから、いつか愛しい人が通って来る、と信じていたのです。儚い夢を頼りにして、待つ女の、どうすることも出来ない悲しみがあったことが感じられます。

現《うつつ》には　さもこそあらめ　夢にさへ
人目を守ると　見るがわびしさ
（『古今和歌集』六五六）

現実には、そのようにも人の見る目を憚《はばか》るのもよいだろうが、夢にまでも、人の見る目を憚ると、見るのがもの悲しいなあ。

「現には」の「現」は、「夢」に対する「現」で、目が覚めている時という意味合いを表しています。「さもこそあらめ」は、それもよいだろうが、という意味です。また、「さ」は、「人目を守る」を指します。

この女性は、男性が現実に、人目を憚って逢いに来ないのを仕方がないと思っていましたが、男性の姿が夢の中にも現れなかったので、男性の本心を悟ったのです。男性が自分のことを思っていなかったから、逢いに来なかったのだと。

そこで、女性は、男性の姿が夢の中に現れない悲しい思いを、男性が夢にまでも人目を憚って逢いに来てくださらない、と詠んだのです。愛しい人の姿が夢の中に現れれば、という思いにも、待つ身の切なさがあったのです。

八－六 「待つ」女

当時、女性はどのようにして愛しい人の訪れを「待っ」ていたのでしょうか。

さむしろに　衣かたしき　こよひもや
われを待つらむ　宇治の橋姫

（『古今和歌集』六八九）

狭い筵《むしろ》に自分の着物だけを敷いて、今夜も私を待つのであろうか、宇治の橋姫よ。

「さむしろ」の「さ」は、接頭語で、狭いという意味です。

「衣かたしき」は、自分の衣だけを敷くと、愛しい人の魂が依って来るということで行っていた風習です。また、独り寝をも意味しています。

「宇治の橋姫」は、宇治の橋を守る女神のことで、男性の訪れを待つ女性を譬えています。女性は、男性の魂が衣に依って来ると信じて、いかにも寒そうな夜空の下、小さな筵の上に自分の衣だけを敷いて、男性が訪れて来るのを待ったのです。

この歌は、男性が待つ女性の立場を思い遣って詠んでいるので、「こよひもや　われを待つらむ」と、不確かな言い方をしています。

第四章 月は無情か〈月の民俗〉

一　月の神は若返りの水を持っている？

人は心嬉しく、穏やかな時には月の光を美しいと賞美します。一方、心寂しい夜、いやに皓皓と照る月の光を疎ましく思われたことはないでしょうか。

江戸時代以降に流行った俗謡に、次のような歌があります。

月は無情と言うけれど、主さん月よりまだ無情。月は夜出て朝帰る、主さんは今来て今帰る

この歌には「主さん」、言わば、愛しい男性の無情さを嘆く女性の心が詠まれています。月は、主さんの無情を歌うために、具体的な例えとして詠まれているのです。月を無情なものの例えにした背景には、主に奈良・平安時代の男女の逢瀬の風習があったと言えるのではないでしょうか。

当時、男性は月が出始めた頃、女性の許に通って行き、月の沈む頃に帰っていました。男性は後ろ髪を引かれて帰る道すがら、無情の思いで月をながめたと思われます。

一方この歌は、月よりも、そそくさと帰って行く主さんの無情の方が醜い仕打ちだと歌っています。女性の身になって詠んだ、一種の皮肉の意味合いをもつ歌なのです。

さて、当時の人は、月をどのように思って、ながめていたのでしょうか。『万葉集』にも、月を無情の思いでながめた歌があります。

心なき　秋の月夜の　もの思ふと
眠の寝らえぬに　照りつつもとな
（『万葉集』二二二六）

思いやりのない秋の月が、物思いに耽ると、眠ることもできないのに、照り続けている、むやみに。

「秋の月夜の」は、結句の「照りつつもとな」と照応している言葉です。また、「月夜」は、「月の夜」という意味も考えられますが、「夜」が接尾語で、「月」、あるいは「月の光」を意味しているとも考えられます。

初句・二句の「心なき　秋の月夜の」という嘆きの籠った詠みぶりから考えると、当時の人は、秋の月夜が心なきものであると考えていたように思われます。恋や何らかの悩み事などで、物思いに耽ると眠ることもできなかったのに、秋の月は、人の心を知らないかのように、むやみに照り続けているのです。

月は無情とする考えが生まれた、心の綾についても考えてみたいと思います。

当時の人は、月の神を「月夜見尊《つくよのみこと》」と尊称していました。

月は、夕暮れに現れて、真夜中に輝き、暁の頃に消えてゆきます。そして次の日の夕暮れには、また現れます。

当時の人は、月が欠けてもまた満ちるのをながめて、人間で言う若返りのように思っていました。そこで、人々は、月には何か永遠不滅や若返りの妙薬があるのでないかと考えたのです。

『万葉集』にも、次のような歌があります。

天橋《あまはし》も　長くもがも　高山も　高くもがも
月夜見《つくよみ》の　持てる変若水《をちみづ》　い取り来て
君に奉《まつ》りて　変若得てしかも
（『万葉集』三二四五）

天に通じる橋も長くあって欲しいなあ。高い山も（いっそう）高くあって欲しいなあ。「月夜見」の神が持っている「若返りの水」を取って来て、あなたに差し上げて、若返って欲しいなあ。


この歌では、月には「変若水」があると詠まれています。

「変若《をち》」は、動詞「復《を》つ」の名詞形で、元に戻ること、あるいは、若返ることを意味します。変若水は、月にある永遠不滅、あるいは、若返りを象徴する霊水のことなのです。月の神が若返りの霊水を持っていると考えたというわけです。

「天橋も　長くもがも　高山も　高くもがも」の「もがも」は、願望の終助詞で、欲しいなあ、という意味です。月にある若返りの霊水を取って来るために、天に通じる橋も長くあって欲しいなあ、高い山も高くあって欲しいなあと、実現できそうもないことを願っているのです。

そして、若返りの霊水をわが君に差し上げて、若返ることを願う思いがあったのです。

また当時、月の世界に住む人は死なないと考えられていました。

『竹取物語』の中で、かぐや姫が月の世界に帰って行く時、帝にお別れの文とともに、「死なぬ薬」を贈っています。その時、帝が詠んだ歌があります。

逢ふことも　涙に浮かぶ　わが身には
死なぬ薬も　何にかはせむ

あなたに逢うことも（再びないので）、（悲しみの）涙に浮かぶ我が身には「死なぬ薬」も（何になろうか）、何にもならない。

帝は、若返りの霊水を、死なぬ薬と詠んでいます。

この歌を理解する上で重要な言葉が「涙」です。これは「なみだ」（涙）と「なみ」（無み）の掛詞です。「無み」は「無し」の語幹「無」に「み」が付いて、「ないので」という意味を表します。「逢ふことも　涙に浮かぶ」は、あなたに逢うこともないので、（悲しみの）涙に浮かんでいるという意味です。

帝は、かぐや姫に逢うこともうないので涙があふれて、その悲しみの涙の中に我が身が浮かんでいると、別離の悲痛な思いを具象化して詠んでいます。大袈裟な言い方です。あなたに永遠に逢うことがかなわない我が身には、死なぬ薬も何にもならないと、この世に生きる意味がないと、嘆息を漏らしたのです。

そこで、『竹取物語』をもとに、月の世界について考えてみたいと思います。

二　『竹取物語』に学ぶ名付けの由来

次の文は、『竹取物語』で、天人が月の世界からかぐや姫を迎えに来た場面です。

屋《や》の上に飛ぶ車を寄せて、（天人《てんにん》が）「いざ、かぐや姫、きたなき所、いかでか久しくおはせむ」と言ふ。

屋根の上に飛び車を寄せて、天人が「さあ、かぐや姫、（こんな）汚い所にどうして長くいらっしゃろうとするのですか」と言う。

天人は、月の世界から人間の世界に降りて来るやいなや、「きたなき所、いかでか久しくおはせむ」と、かぐや姫をとがめています。天人の言葉によると、人間の世界は汚なきところで、天人の住む月の世界は、清らかなところだというのです。

では天人はなぜこのようなことを言ったのか、『竹取物語』から考えてみます。

この物語の主人公には、かぐや姫という名前が付いています。子どもの名前には、現代においても、両親の子どもへの愛情が籠められています。古代においては、人の名前は、殊にその人の属性なども表わす大切な意味がありました。

かぐや姫の「かぐ」は、「輝ふ《かがよ》」と同じく、輝いているという意味を、また「や」は、詠嘆を表しています。つまり、かぐや姫という名前には、「光り輝いているなあ、姫」という、感嘆の意味が籠められていたのです。

この「光り輝く」や「光る」といった言葉が名前に付く人物は、他にもいます。

『竹取物語』のあとに語られた『源氏物語』の光源氏がその一人です。『源氏物語』で「この世のものならず光り輝く皇子」と語られています。光源氏は、かぐや姫と同じく、別世界からこの世に降りて来た、理想的な男性とされているのです。

また、『竹取物語』の語り手は、「かぐや姫」の容貌を具象化して語っています。

この児のかたちのきよらなること、世になく、屋の内は、暗き所なく光満ちたり。翁、心地悪しく苦しき時も、この子を見れば苦しきこともやみぬ。腹立たしきこともなぐさみけり。

　この児の容貌が輝くように清らかで美しいことは、この世に例がなく、家の内は暗い所はなく、光りが隅々まで行き渡っている。翁は、気分が悪く辛い時も、この児を見ると、その辛い事もなくなった。腹立たしい事も気がまぎれた。

かぐや姫は、「きよらなり」という美しさを表す最高の言葉で表現される容貌でした。「きよらなり」は、澄んで美しいことを意味する形容詞「きよし」に、状態を表す接尾語「ら」が付いた言葉で、汚れなく、美しい状態を表しています。

そして、この物語の語り手は、かぐや姫が別世界の人であるからこそ、美しい容貌を「世になく」と端的に語っています。かぐや姫は、当時の人が夢想する、月の清らかな光そのものの美しさであったのです。

その汚れなく輝く光は、家の内の隅々までを照らし、辛かったことや腹立たしかったことも消え去り、翁の心を穏やかにする、ある種の清涼感さえもたらしたのです。

月は、人間の住む世界とは別世界で、若返りの霊水、あるいは不老不死の薬もあり、その上、月の光が清らかに輝いていると考えていたのだと思います。

次の場面も、そんな心情を表すものです。

天人の中に、持たせたる箱あり。天の羽衣入れり。また、あるは、不死の薬入れり。

ひとりの天人言ふ「壺なる御薬《おほんくすり》たてまつれ。きたなき所の物きこしめしたれば、御心地《おんここち》悪しからむものぞ」とて、持て寄りたれば、いささかなめたまひて、すこし、形見とて、脱ぎ置く衣に包まむとすれば、ある天人包ませず。

天人の中に持たせている箱がある。箱には、天の羽衣が入っている。また、ある箱には、不死の薬が入っている。一人の天人が「壺にあるお薬を飲みなさい。(あなたは、不潔で) 汚い所の物を召し上がっていたので、お気持ちが悪くなっているのです」と言って、お薬を持って近寄ったので、かぐや姫は、ほんの少し舐めなさって、少し形見として、脱いで置く着物に包もうとすると、そこにいる天人は、包ませない。

天人は、「汚れた人間界のものを召し上がっていたので、お気持ちが悪くなっている」と言い切って、月の世界に帰るため、「お薬を飲みなさい」とかぐや姫に促がします。

この薬は若返りの霊水、あるいは不死の薬です。かぐや姫がこの霊水を飲むことで、月に住む人、言わば、清らかな人に戻る、ということを意味しています。

かぐや姫は、この薬をほんの少し舐めて、形見として包もうとするものの、天人はそうはさせません。

この場面を読むと、かぐや姫と天人には、心情に違いがあるように思えます。天人、言わば月に住む人は心に汚れがなく、清らかなところが好いのですが、いささか人間味のない感じがします。かぐや姫は、そのことをはっきりと言って、天人をたしなめています。

御衣《おほんぞ》をとりいでて着せむとす。その時に、かぐや姫、「しばし待て」といふ。（かぐや姫は）「衣着せつる人は、心異《こころこと》になるなりといふ。もの一言言ひおくべきことありけり」と言ひて、文書く。天人、「遅し」と、心もとながりたまふ。かぐや姫、「もの知らぬこと、なのたまひそ」とて、いみじく静かに、おほやけに御文たてまつりたまふ。あわてぬさまなり。

（『竹取物語』）

（天人は）天の羽衣を取り出して、かぐや姫に着せようとする。その時に、かぐや姫は、「しばらく待て」と言う。（かぐや姫は）「天の羽衣を着せられた人は、心がいつもと違うようになるそうだと言う。何か、一言言っておくべき事があった」と言って、手紙を書く。天人は、「遅い」とじれったくお思いになる。かぐや姫は、「ものの道理がわからない事をおっしゃるな」と言って、たいそう静かに、帝に手紙をさし上げなさる。慌てない様子である。

「心異になる」は、心がいつもと違うようになるという意味で、「いつも」は人間の心のことです。

かぐや姫は、天の羽衣を着せられた人は、一瞬のうちに、人間の心が消え失せ、天人の心になってしまうということを人から聞いていて、それを天人に語ったのです。言わば、ものの道理が解らない人間になってしまうということです。喜怒哀楽の感情がない無情の人になってしまうのは、人間として悲しく、寂しいことです。

そこで、かぐや姫は、長い年月お世話になった翁《おきな》・媼《おうな》をはじめ、帝などに感謝や惜別の思いなどを文に書いて伝えたいと思ったのです。

一方の天人は、じれったく思って、かぐや姫に飛び車に乗ることを促します。

そこでかぐや姫は、人間には情愛の心があり、ものの道理が解らないことをおっしゃるなと、天人をたしなめたのです。

当時の人は、月の世界が人間の住む世界とは異なる清浄の世界であると考えました。それと同時に、天人の心は、清らかながら、人間とは異なる非人情なものだと思っていたのです。

三　お月見の由来

三―一　「月」の光は、清し（讃美）

ここからは、当時の人が月の光をどのように思っていたのか、『万葉集』の歌などから考えてみたいと思います。

月読《つくよ》みの　光を清み　神島《かみしま》の
磯間の浦ゆ　船出す我は
月の光が清らかであるので、磯のほとりの浦を通って舟を出す私は。
（『万葉集』三五九九）

月読みは、月の神、あるいは月のことです。「光を清み」は、「光」（名詞）を「清」（形容詞「清し」の語幹）「み」（接尾語）という形をとって、「光が清いので」という意味を表わしています。

これは、夜空に月の光が澄んでいて美しい情景のもと、海の神を祭る神事を行うため、沖合に舟を出したところを詠んだ歌です。

当時の人は、海のかなたには祖先の霊が寄り集まる常世があるとされていたので、その霊を慰めるため、沖合で神事を行ったのでしょう。言わば、魂鎮めの神事です。ここでも、月の光を清しと讃美しています。

三－二　「月」の光は、清し（不吉）

当時、この「清し」という言葉には、不吉なことを暗示する面もありました。

『源氏物語』の中で、父の帝が我が子、光源氏の容貌について感じた思いが語られています。

いとどこの世のものならず、きよらにおよすけたまへれば、いとゆゆしうおぼしたり。

（『源氏物語』桐壺）

若宮（光源氏）がますます、この世の者でないほど、輝くように美しく成長していらっしゃったので、父の帝は、とても不吉であるとお思いになった。

「きよらなり」は、心を奪われるほど美しいことで、人間として有り得る最高の美しさを表す言葉です。「ゆゆし」は、「斎」（ゆ）という語を重ねて形容詞化した言葉です。

この「斎」は、神聖なこと、あるいは清浄なこと、という意味を表します。「ゆゆし」は、清浄で恐れ多い、あるいは、清浄で忌み憚られるという意味です。つまり、不吉であることを表しています。

父の帝は、若宮がますますきよらに成長していくので、神に魅入られて、若死にするのでないかと恐れていたのです。

清らかに輝くものには、見る人を懐旧の思いや怪しい心情などに誘う、不可思議な要素があったのです。

さて、かつて人々は祖先の霊が寄り集まるところが月であると考えました。

ゆえに、人は亡き人の霊を偲んでお月見をするのです。お月見をする時は、すすきの穂で飾り、団子と月を呼び招くための招《お》ぎ代《しろ》を供えました。招ぎ代とは、月の形を銀紙で作ったものです。当時、これに月の光が映ると、祖先の霊が降りて来ると考えたのです。月見は、観月の宴としてではなく、祖先の霊を鎮魂する意味合いで行っていた行事なのです。
また、当時の人は、月の光が人を月の世界に誘い込むのではないかと思っていました。月の光は清浄で美しいので、それに人が魅入られて、神隠しなどに遭うのではないかと恐ろしく不吉に感じたのです。

春のはじめより、かぐや姫、月のおもしろう出でたるを見て、常よりももの思ひたるさまなり。ある人の、「月の顔を見るは、忌むこと」と制しけれども、ともすれば、人まにも月を見ては、いみじく泣き給ふ。

（『竹取物語』）

春の初めから、かぐや姫は、月が趣き深く美しく出ているのを見て、何時もよりも思い悩んでいる様子である。その場にいる人が「月の顔を見るのは、不吉なことよ」と制止したが、ややもすると、かぐや姫は人のいない間にも月を見ては、ひどく泣いていらっしゃる。

かぐや姫は趣き深く美しい月、十五夜に近い頃の月を見つめながら思い悩んでいたのです。

しかし、その場にいた人は、そんなかぐや姫の心を知らず、月の顔を見るのは不吉で、あらぬ世界に誘われかねないと制したのです。

このように、当時の人は、月の顔を見るのは忌むことだと考えていたのです。『更級日記』に、このような場面があります。

その十三日の夜、月いみじくくまなく明かきに、みな人も寝たる夜なかばかりに、縁に出でゐて、姉なる人、空をつくづくとながめて、「ただ今、ゆくへなく飛び失せなば、いかが思ふべき」と問ふに、なま恐ろしと思へる気色を見て、

その十三日の夜、月はたいそう翳《かげ》りがなく明るい時に、その場にいる人皆も、寝ている夜中ほどに縁側に出て座って、姉である人は、空をしみじみながめて、「たった今、行く先もなく飛んで姿を消したなら、どう思うだろうか」と尋ねるが、少し恐ろしいと思っている私の顔色を見て、

十三日の夜、満月に近く、輝くばかりに美しい月を、姉は一人、夜中頃に縁側に出てしみじ

みとながめていました。「ながめ」（眺め）は、もの思いに耽りながら見るという意味で、姉の内面を象徴していました。

姉は、光り輝く月を見つめているうちに、何もかも忘れて月の世界に行きたいという思いになったのです。そこで、妹である作者に、「たった今、あの月に飛んで行って姿を消したらどう思うか」と尋ねたのです。それはこの世から消えて別世界である月の人になるということで、つまり、死ぬことを意味しています。しかも、「ただ今」という差し迫った言葉を添えて、尋ねたので、妹である作者は困惑し、「なま恐ろし」と思ったのです。なお、この姉は翌年、亡くなりました。

『更級日記』には、こんな場面もあります。

形見にとまりたる幼き人々を左右に臥《ふ》せたるに、荒れたる板屋のひまより月のもり来て、ちごの顔にあたりたるが、いとゆゆしくおぼゆれば、袖をうち覆ひて、いま一人をもかき寄せて、思ふぞいみじきや。

亡くなった姉の形見として遺した幼い児達を、左右に寝かせていると、荒れた板葺の屋根の隙間から、月の光が漏れて来て、幼い児の顔に当たった、その月の光がとても不吉であると思われるので、袖で顔を隠すように覆って、もう一人の児を引き寄せて、亡き姉や幼い児達のことを思うこと、それがひどく悲しいなあ。

作者は、亡き姉がこの世に遺した幼い児達も月に魅入られるのではと感じて、思わず一人の幼い児を袖で顔を覆い、もう一人の幼い児を傍に引き寄せたのです。そして作者は、姉が亡くなる前の年、月を一人ながめていた姿を悲しく思い出したのです。亡き姉の心情や幼い児達の行く末などを考えると、不憫な思いで、どうしようもなかったのです。

人が月の光をどのように感じるのか、それは見る人の心が反映されると考えます。『更級日記』の場合、作者の心に姉の死や幼い児達の行く末を案じる気持ちがあるので、月の光を「ゆゆし」と感じたのでしょう。

四　月は物悲しくながめるもの

四―一「季節」の到来……悲愁

当時の人は、肌寒さを感じる満月の頃の秋の季節と相俟って、月が秋の悲愁を象徴するものだとも考えていました。

木の間より　もりくる月の　かげ見れば
心づくしの　秋は来にけり

（『古今和歌集』一八四）

木の間からもれて来る月の光を見ると、人にもの思いをさせるという秋は来たのであったなあ。

「心づくしの秋」は、秋という季節に対する人の情感を象徴した言葉です。

「心づくし」は、もの思いの限りを尽くすことで、悲哀の情感です。つまり「心づくしの秋」

とは、秋の悲哀を言い表した言葉です。
木の間から漏れ来る月の光は、見る人を悲哀の心境に誘い入れました。そして人は、秋の訪れに気づいたのです。当時の人は、月が秋の季節を表すようにも感じていました。

月みれば　ちぢにものこそ　かなしけれ
我が身ひとつの　秋にはあらねど
（『古今和歌集』一九三）

月をながめていると、さまざまに、何となくもの悲しい。自分一人だけに（訪れて来た）秋ではないのに。

「もの」は、漠然としたもののことで、何となくという意味です。「ものこそかなしけれ」は、何となく悲しいという意味になります。人は月をながめて、秋の気配と悲愁を感じたということです。

四―二　懐旧の情

嘆けとて　月やは物を　思はする
かこち顔なる　わが涙かな

（『千載和歌集』九二六）

嘆けといって、月は物思いをさせるのか、いや、そんなことはない。（それなのに、月のせいであるかのように）恨めしそうな顔で、（こぼれ落ちる）私の涙であるなあ。

これは「月の前の恋」という題で詠んだ歌です。

男性は、月をながめて、愛しい人と逢瀬したことを適わぬ恋であったと、懐かしく思い出しているのです。そして、思わず涙が落ちたのです。それは、男が独り寝の寂しさを意識することでもありました。男の目には、月が嘆けと言って、冷ややかに輝いていると感じられたのです。

当時、逢瀬の喜びや別れの悲しみを感じた時、人が夜空にながめたものが月でした。月は、恋と深い関わりのある風物だったのです。

ひとり寝の　わびしきままに　起き居つつ
月をあはれと　忌みぞかねつる

（『後撰和歌集』六八四）

独り寝がやるせなく切ないので、ずっと起き続けて、月をしみじみとながめて、忌み憚ることができなかった。

「忌みぞかねつる」の「忌み」（忌む）は、忌み憚るという意味です。不吉なこととして憚って、行わないことです。また、「かねつる」の「かね」（「かぬ」の連用形）は、動詞に付く接尾語で、できないという意味です。

この歌の作者は、愛しい人の訪れもなく、夜を迎え、独り寝がやるせなく切ないので、ずっと起き続けて、月をしみじみとながめていたのです。

しかし前述の通り、当時、この行為は、忌み憚ることでありました。それでも、切なく寂しいので、夜空に照る月をながめてしまった、というわけです。

このように、当時の人は、わが身の思いを月に託していたのです。

雲の上も　涙にくるる　秋の月
いかですむらむ　浅茅生《あさぢう》の宿

（『源氏物語』桐壺）

（雲の上と言われている）宮中でも悲しみの涙で目がくもって見えない秋の月を、どうして澄みきって見えるのであろうか。（今頃、悲しみにくれて、どうして暮しているのであろうか）浅茅が生い茂って荒れ果てた（亡き更衣の）里であるなあ。

『源氏物語』の桐壺の巻で、帝に寵愛されていた桐壺の更衣は、他の女御・更衣の人達の嫉妬やいじめなどで精神的に病み、里下がりのあと、亡くなります。そして帝と亡き更衣との御子である光源氏は、亡き更衣の母が引き取ってお世話をしていたのです。

この歌は、帝が秋の月をながめて、亡き更衣のことを慕わしく思い出し、亡き更衣の里で祖母と一緒に暮らす我が子に思いを馳せて、詠んでいるのです。

「雲の上」は、宮中のことです。帝が自らのことを言っています。

「いかですむらむ」の「すむ」は、「澄む」と「住む」の掛詞です。「澄む」は、帝が更衣を亡くした「悲嘆」の心情を具象的に表していて、悲しみの涙で目がくもって見えない秋の「月」を「どうして澄みきって見えるのであろうか」という意味です。

「住む」は、帝が亡き更衣の母と幼い我が子の、悲しみにくれていることを思い遣る自らの心情を表しています。亡き更衣の母と我が子が今頃、悲しみにくれて、「どうして暮しているのであろうか」という意味になります。

また、「浅茅生の宿」は、娘の更衣を亡くした母と母の更衣を亡くした我が子の悲愁の心を「浅茅が生い茂って、荒れ果てた宿」という表現で、具象化しています。しかも、帝は、「浅茅生の宿」と体言止めで、悲嘆の思いを余情的に表しているのです。

帝は、秋の人恋しさなど、悲愁を感じて、秋の月をながめながら、亡き更衣の里で暮らす我が子のことを思い遣っていたのです。

当時、人は月をながめながら、亡き人や愛しい人などに思いを馳せていたのです。

四―三 「人」の連想

また当時、人は、夜空に輝く月の有り様などに触発されて、月を人に見立ててながめていました。

振りさけて　三日月みれば　一目見し
人の眉引き　思ほゆるかも

振り仰いで三日月を見ると、ひと目見た、人の美しい眉が自然に思い出されるなあ。

（『万葉集』九九四）

この歌は、三日月という言葉に象徴される形によって、女性の眉墨を連想して詠んでいます。「眉引き」は、女性が眉を抜き取ったあと、眉墨で眉を描くことです。夜空の美しい三日月をながめて、ひと目見た、眉引きの美しい人に再び逢いたい思いが募り、美しい三日月に重ねて脳裏に思い浮かべたのです。また、この歌の作者、大伴家持《おおとものやかもち》は、次の歌に応えたものと考えられます。

月立ちて　ただ三日月の　眉根掻き
日長く恋ひし　君に逢えるかも

（『万葉集』九九三）

月が改まって、逢いたい思いでただ三日月のような眉を掻き、日数も長く恋い慕ったあなたに逢えたなあ。

当時、女性は、愛しい人に逢いたい時に眉を描くと、願いが叶えられると信じていたのです。
また、こんな歌が残っています。

秋の夜の　月かも君は　雲隠り
しましく見ねば　ここだ恋しき

（『万葉集』二二九九）

秋の夜の月であるかなあ、あなたは。雲隠れのようにしばらく見ないので、こんなにも恋しいなあ。

「雲隠れ」は、月などが雲に隠れることです。この雲隠れは、姿を見せない愛しい人の薄情さを具象化しています。

女性は、愛しい人を秋の夜の月に見立てて、「秋の夜の　月かも君は」と嘆きの思いが籠った言葉で呼び掛け、無情だなぁと、ながめたのではないかと思います。

月かげに　わが身をかふる　ものならば
つれなき人も　あはれとや見む

月の光にわが身を変えるものなら、冷淡な人も、ああ愛しいと見るだろうか。

（『古今和歌集』六〇二）

「つれなき人も」の「も」は、添加の意味を表す係助詞で、情のある人はもちろんのこと、冷淡な人も、ということを表わしています。この歌の作者は「わが身」を「月かげ」というものに見立てて、あの冷淡な人も、ああ、素晴らしいと思うだろうか、思って欲しいと願っているというわけです。

五　月を待つことは、人を待つこと

あしひきの　山より出づる　月待つと
人には言ひて　妹待つ我を
（『万葉集』三〇〇二）

山から出る月を待っていると、人には言って愛しい人を待つ、私であるなあ。

「あしひきの」は、「山」にかかる枕詞です。「妹待つ我を」の「妹」は、男性が愛しい人に対して、親しみを込めて言っています。

これは、男性が女性と野外で逢う約束をした時、詠んだ歌です。男性は、夜空を見ながら早く、月が出て来ないかなあ、愛しいあの子に逢えるのに、と待ち焦がれているのです。言わば、月に恋したような心境で、月に寄せる恋とも考えられます。

当時、月は人を待つ拠りどころでもありました。そこで、月待ちについて考えてみます。当時、結婚は通い婚であったので、女性はまず、月の出を待ちました。月の出とともに、愛しい人が訪れて来ると思っていたからです。

月待ちは本来、観月の行事で、月そのものを待ち迎えることでした。それから後に、月の出に伴ってやって来る人を待つという意味でも使われるようになったのです。

月夜には　来ぬひと待《はべ》たる　かきくもり
雨も降らなむ　わびつつも寝む

（『古今和歌集』七七五）

月の（美しい）夜には、来ない人も来るような気がして自然に待っている。空が急に暗くなり、雨も降って欲しい。（もう月待ちをせずに、諦めがつくので）嘆きながらも寝たい。

人は美しい月の夜には、心も弾んで、今宵は待ち人が訪れて来るはずと、淡い思いを抱いたのです。しかしこの歌では、待っても相手は来ませんでした。

「かきくもり」（かきくもる）は、現代と同様、空が急に暗くなることです。「雨も降らなむ」の「なむ」は、誂え望む意味を表す終助詞で、雨も降って欲しいという意味です。また、「雨も」の「も」は、並立の助詞で、言外に「月」も隠れて欲しいという思いを表しています。この「かきくもり　雨も降らなむ」は、空が急に暗くなって、雨も降って欲しい、そして月も隠れて欲しいと、誂え望んでいるのです。

雨が降って月も隠れたら、「来ぬひと」に諦めがついて、嘆きながらも一夜を寝ることができると思っているのです。屈折した心情に、わびしさが感じられます。

あしひきの　山を木高み　夕月を
いつかと君を　待つが苦しき

（『万葉集』三〇〇八）

山の木が高く伸びているので、夕月を早く（現れないかと）待つように、あなたを（早く現れないか）と待つことの苦しいことよ。

「あしひきの　山を木高み　夕月を」という上三句は、「いつかと君を待つ」を導く序詞です。山の木が高く伸びているので、夕月を早く現れないかと待つように、早く現れないかとあなたを待つ、という意味です。言わば、愛しい人が早く現れないかという人待ちの苦しさを具象的に表しているのです。

「待つが苦しき」の「苦しき」（苦し）は、連体形止めで、余情のある表現になって、胸中の思いを「苦しいことよ」と吐露しているのです。夕月待ちというより、人待ちの心に重きを置いている歌です。

月夜よし　夜よしと人に　告げやらば
来《こ》てふ似たり　待たずしもあらず

（『古今和歌集』六九二）

月は美しい。夜は美しいと、あの人に知らせて遣るなら、（それは）来いと言うのと同じであった。
あの人の訪れを待たないわけではない（あの人の訪れを心待ちにしているのだ）。

「告げやらば」の「告げやら」（告げやる）は、（あの人の許に）知らせるために、家の者を行かせることです。「来てふ似たり」の「来」は、「来」（く）の命令形で、あの人が訪れて欲しい気持ちを表しています。そこで、来て下さいと尊敬の言葉を補ったのです。「来てふ」の「てふ」は「といふ」の略した言い方で、「と言う」ということです。「似たり」の「似」（似る）は、似ている、あるいは、と同様である、という意味です。

この歌では、「月夜よし　夜よし」と月の美しさをながめながら、愛しい人の訪れを待つ方の月待ちをしています。

しかし愛しい人の訪れを催促している心情が感じられて、自らの「はしたなさ」に気づいたのです。そこで、「待たないわけでもない」と二重否定の言い方で、愛しい人の訪れを心待ちにしていたと強調しているのです。愛しい人を恋慕う思いを伝えているのです。

このように当時、月の出や愛しい人の訪れを待つことは関わりの深いことだったのです。言わば、当時の人にとって月待ちは、恋のときめきを増幅させるものでもあったのです。

やすらはで　寝なましものを　さ夜更けて
傾くまでの　月を見しかな

（『後拾遺和歌集』六八〇）

（あの人が訪れないとわかっていたら）ためらわないで、寝ただろうになあ。あの人の訪れを待っていて、夜が更けて、西に傾くまでの月をながめたなあ。

この歌の作者は、愛しい人の訪れを心待ちに、夜も更けて、西に傾くまで月をながめていたのです。愛しい人が来ないことがわかっていたら、寝ただろうになぁと待ち続けたことを悔やんで、恨みの思いを嘆息しながら吐露しています。

この悔やみや恨みは、来なかった愛しい人に言いながら、実は、月に向かって言っていて、月を快い気持ちではながめていないのです。月は、無情だったのです。

このように月というのは、見る人の心情を投影したり、託したり、映すものでした。

第五章 酒なくて、何のおのれが桜かな〈桜の民俗〉

一　「お花見」と呪術的な飾りもの

日本人は早春、木々が芽吹く頃になると、山野や公園などの桜の花がいつ頃咲くのか、あるいは、花がもう散ってしまったかと気にします。他の花よりも桜の花に興味・関心を抱いて、お花見に行くのを楽しみにしています。人々は、桜の木の下の宴席で、咲き誇る花を賞美しながらも、「酒なくて、何のおのれが桜かな」などと言ってお花見を遊び、楽しんでいます。

この「酒なくて、何のおのれが桜かな」は、桜の花を愛でて楽しむという風流よりも、酒を愛飲するという、言わば、実利を尊ぶ考えです。人々は、酒を飲む宴会としてお花見を遊び楽しんでいたのです。「花より団子」という言葉も同じ意味合いで使われています。これも現実主義的な考えとも言えます。

さて、この「酒なくて、何のおのれが桜かな」という雰囲気を表しているお花見は、『伊勢物語』に次のように書かれています。

狩はねむごろにもせで、酒をのみ飲みつつ、やまと歌にかかれりけり。いま狩する交野《かたの》の渚の家、その院の桜、ことにおもしろし。その木のもとにおり居て、枝を折りて、かざしにさして、上中下、みな歌よみけり。馬頭《うまのかみ》なるける人のよめる、

世の中に　絶えて桜の　なかりせば
春の心は　のどけからまし

（『伊勢物語』八二段）

狩りは、熱心にもしないで、酒ばかりを飲みながら、和歌を詠むのに熱中していた。今、狩りをする交野の渚の家、その院の桜が殊に美しい。その木の下に（馬から）降りて座り、（花の咲く桜の）枝を折って、冠に挿して、身分の上の者、中位の者、下の者（お供の者）までもみな、歌を詠んでいた。馬の守であった人が詠んだ（歌）、

世の中に全く、桜の花がなかったなら、春の人の心は、のどかであろうに。

「狩り」とは、鷹を使って、山野にいる鳥やうさぎなどを捕らえる鷹狩りのことです。

馬の守やお供の人は、鷹狩りよりも、酒ばかりを飲みながら桜の花を賞美し、憂き世を忘れて和歌を詠む、風雅の道を好む人達であったのです。

「かざし」は、草木の花や葉などを冠や頭髪などに挿すことです。当時、人は草木の花や葉などを挿すことで、それらが持つ生命力や美的なものを自分の肉体に取り入れるという呪術的な考えをもっていました。言わば、信仰的な考えです。

今でも、例えばハワイなどで、歓迎の意を表して観光客等にレイ（花輪）の飾りをかけますが、あれも元々、信仰的な考えがあったものだと思います。人は髪飾りやブローチなどを付けると、精神的にそれまでと違った気持ちになったりするのも同じ意味合いがあったのだと思います。

当時のかざしにも飾りという考えがあり、馬の守やお供の人が桜の咲く一枝をかざしに挿す姿は、華やかな雰囲気を醸し出すものでした。

さて、馬の守は、桜を見て、世の中に桜の花がなかったら、いつ散るかと気にせずに、春の人の心はのどかであろうに、と詠みました。事実に反する仮定のもとに、却って桜の花を賛美しているのです。

桜そのものを追い求めずに、心で味わう情趣こそ、風雅であると考え、逆説的な発想で風雅の機微を巧みに歌に詠んでいます。現代にもこうした逆説的な言い方で「急がばまわれ」「負けるが勝ち」など、真意を語る言葉があります。

「酒なくて、何のおのれが桜かな」という言葉にも、酒を飲みながら桜の花を愛で楽しんでいる情景が感じ取れると思います。

ところで春のお花見の花と言うと、すぐに桜の花を思い浮かべますが、実はそうではなかった時代もあったのです。奈良時代の頃、人はお花見の花として、梅を好んで愛でていたのです。

二　主役は梅から桜の花へ

二一　お花見の花は、梅の花

梅の花　今咲けるごと　散り過ぎず
我が家の園に　ありこせぬかも

（『万葉集』八一六）

梅の花よ。今咲いているように、散ってしまわずに、私の家の庭園に咲き続けて欲しいなあ。

「ありこせぬかも」の「ありこせ」は、（咲くことが）あって欲しい、という意味で、梅に誂え望んでいる様子を表しています。また、「ぬかも」は、（咲くことがあって欲しい。それがないかなあ、という意味で、不安に思いながらも、自らの願望を表しています。つまり、「ありこせぬかも」は、咲き続けて欲しいなあ、という意味です。

この歌は、梅の花がいつも咲いていることを願って、家の庭にも咲いて欲しいと、自らの思いを詠んでいます。

唐文化に対する憧れの強かった当時、中国から渡来した梅は、異国情緒のある花として好まれていたのです。また当初、紅梅よりも白梅が賞美されていたようです。言わば、白梅の花が視覚的に艶美とされたのです。

次の歌は、梅の花が咲き匂うお花見の情景を詠んでいます。

梅の花　今盛りなり　思ふどち
かざしにしてな　今盛りなり
（『万葉集』八二〇）

梅の花は、今が真っ盛りだ。気の合う者どうし、髪飾りにしようよ。今が真っ盛りだ。

気の合う者どうしが花の咲く一枝を髪飾りにして、今が真っ盛りだとお花見を遊び、楽しんでいる情景です。梅の花の髪飾りは、今が盛りの花の香りや清らかな姿と相俟って、艶美な情緒を醸し出しているのです。

ところで、現代でも祝いの席などで、塩漬けにした桜の花に熱湯を注いだ桜湯を飲むことがありますが、これと同じ情景を梅の花で詠んだ歌があります。

梅の花　夢に語らく　風流《みや》びたる
花と我思ふ　さけに浮かべこそ
（『万葉集』八五二）

梅の花が夢で語ることには、「風雅な花である」と私は思う。酒に浮かべて下さい。

ここでは梅の花が夢に現れて、自らを風雅の花であると語ったのです。花を酒に浮かべて賞美するのを願っています。

当時、風雅な梅の花が浮かぶ酒を飲んで、楽しむ風習があったことがわかります。

わが園に　梅の花散る　ひさかたの
天より雪の　流れ来るかも

（『万葉集』八二二）

私の家の庭に梅の花が（しきりに）散る。空から雪が流れ（るように、降って）来るなあ。

「ひさかたの」は、天にかかる枕詞です。白梅の花が我が庭に、雪のように舞い散って来て、うっすらと白く降り積もる、清澄な空気が漂う優美な情景に、雪が降って来るのかなと思ったという情景です。

白梅の花を雪と見立てる趣向は、中国の六朝時代の「唐詩」でも好んで詠まれていました。ところが、次第に梅の花の香りを好んで詠むことが多くなったのです。

散りぬとも　香《か》をだにのこせ　梅の花
恋しき時の　思ひ出でにせむ

（『古今和歌集』四八）

花が散ってしまっても、（せめて）香りだけは、（枝に）残せ、梅の花よ。（早春が過ぎて）梅の花を懐かしく思う時の、思い出にしよう。

これは、梅の香りで心の安らぎを感じていたことが分かる歌です。花が散っても、せめて香りを枝に残して欲しい、と梅の花に誂え望んでいるのです。

梅の香りが枝に残る情景は、空想的で、甘美な雰囲気が漂います。香りは、花という具体性を欠くものであっても、辺り一面に漂い、梅の情趣を醸し出すのです。

また、当時の人にとって、梅の花の香りは、花橘の香りのように、過ぎ去った日々のことなどを懐かしく思い出させるものでした。

人はいさ　心も知らず　ふるさとは
花ぞ昔の　香ににほひける

（『古今和歌集』四二）

人は、さあ（どうだろか）心（のうち）もわからない。昔なじみの土地は、（梅の）花が昔の（ままの）香りで匂っていたなぁ。

この歌の「詞書」は、

初瀬《はせ》に詣《まう》づるごとにやどりける人の家に、久しくやどらで、程へて後にいたれりければ、かの家のあるじ、「かくさだかになむやどりはある」といひ出だして侍りければ、そこに立てりける梅の花を折りてよめる

初瀬寺（長谷寺）にお参りする度に泊まった人の家に、長い間、泊まらなくて、時が経って後に行き着いたところ、その家の主人は、「このように確かな宿所はある」と言い出しましたので、そこに生えていた梅の花を一枝折って詠んだ（歌）。

とあります。

「ふるさと」は、古いなじみの土地という意味です。他にも故郷、あるいは昔の都という意味もあります。

これは、長谷寺にお参りする度に泊まっていた家の主の、「近頃お泊りもなく、よそよそしいですね」という恨み言に対して詠んだ歌です。

歓迎されるどころか、嫌味を言われた詠み人（作者）は、宿主の言葉の真意も心中もわかりませんと答えています。言わば、宿の主の嫌味の言葉を、皮肉をもってとり成したのです。そして昔なじみの土地では、梅の花だけが昔のままの香りで迎えてくれていたと気が付き、驚いたのです。そして、その土地であったさまざまな出来事を思い起こし、懐旧の情に駆られたのです。

当時は、こうした日常の社交の嗜みとして、和歌があったと考えます。

東風吹かば　にほひおこせよ　梅の花
あるじなしとて　春忘るな

（『拾遺和歌集』一〇〇六）

（春になって）東風が吹くなら、（その風に乗せて都の梅の）香りを（配所の大宰府に）送ってくれ、梅の花よ。主人がいないといって、春を忘れるな。

この歌は、菅原道真が筑紫の大宰府に左遷された時、梅の香りで懐旧の情に駆られて、故郷の都に帰りたい望郷の思いを詠んだのです。道真は、梅の香りで、心の安らぎを感じていたのです。
しかし、平安時代になると、人々は梅の花よりも桜の花を賞美して、歌に詠むことが多くなりました。

二―二　桜の花

またや見む　交野の御野の　桜狩り
花の雪散る　春のあけぼの

（『新古今和歌集』一一四）

再び見るだろうか、交野の御野の桜狩りで、花が雪のように散り乱れる、春の曙の情景を。

「桜狩り」は、桜の花を尋ねて山野を遊び歩くことです。言わば、お花見のことです。「桜狩り」の「狩り」と「花の雪」の「雪」は、縁語です。狩りは、鷹狩りのことで、雪の降る頃、行われることが多かったのです。

朝廷の御料地、「交野の御野」は桜狩りで名高い場所でした。この歌は、桜の花が散るさまを雪に見立て、「花の雪散る」と即妙に詠んでいます。
桜の花が曙の光で花びらの白さにうっすらと赤みを帯びて輝きながら舞い散るさまは、妖美な落花の姿です。桜狩りをする人は、絢爛たる美の情景に深い感動を覚えて、賞美していたのです。
奈良時代の歌には、お花見を遊び楽しんだ情景は、あまり詠まれていなかったのです。『万葉集』を読むと、当時の人は、桜の花を「愛でて楽しむ」よりも、桜の花が咲いたことを「見る」ことに興味・関心があったことがわかります。桜の花は、花見という要素があったと思います。お花見は、桜の花を見て愛でるだけでなく、遊び楽しむことなのです。

春雨は　いたくな降りそ　桜花
いまだ見なくに　散らまく惜しも
（『万葉集』一八七〇）

春雨は、ひどく降るな。桜の花をまだ見ないのに、散らしてしまうのは、惜しいなあ。

「な降りそ」は、「な・・そ」で、禁止する意を表し、降るなという意味です。「見なくに」は、見ないことなのに、あるいは、見ないのに、という意味です。「散らまく」は、散らそうとすること、あるいは散るようなこと、という意味です。

この歌の詠み人は、まだ見ない桜の花の落花を惜しんで、「春雨」に「ひどく降るな」と呼び掛けたのです。春雨が降ると桜の花が散るので、人々は内心春雨を嫌がっていたのです。

このように当時の人は、桜の花が咲かないうちから、散る花を惜しむほど、桜の花に興味・関心をもっていました。

つまり、桜の花を見て何かを感じ取る風習があったのです。

三　桜は、予兆の花

奈良から平安への時代の変遷とともに、人々が歌に詠む対象も、梅の落花からその香りへと移ろいました。

ところが桜の場合、少し事情が異なりました。殊に平安時代になると、人は桜の花が散るのを賞美し、詠歌していたのです。恐らくは、梅に比べて、香りがそれほど強くないことも影響していたと思います。

では、当時の人はなぜ、桜の花が散ることに興味・関心をもったのでしょうか。

『宇治拾遺物語』に、次のような話があります。

田舎から来て寺院に仕える少年が、桜の花の盛りに風が激しく吹いたのを見て、さめざめと泣く。それを見た寺院の僧は、落花の情趣を知っているのかと思い、「桜は儚なきもので、まもなく散ってしまう。それだけのことです」と（告げた）。

ところが少年は、桜が散ることよりも、父《てて》の作る麦の花が散って、実らないだろうことが辛いと、しゃくりあげて泣いたのです。（一三　田舎の児、桜の散るを見て泣く事）

『宇治拾遺物語』の成立した鎌倉時代の頃、人は桜の花が散ることは、麦などの穀物が実らないことの知らせだと思っていました。言わば、桜の花は、穀物の実りを知らせる予兆の花であったのです。

そこで当時の人は、桜の花びらの中に何かが籠っているとも考えました。

三一　なるもの・なることの前兆

この花の　ひとよの内に　百種《ももくさ》の
言《こと》そ隠《こも》れる　おほろかにすな

（『万葉集』一四五六）

この花の一片の花びらの中に（私の言いたいと思っている）さまざまな言葉が籠っている、なおざりに思うな。

詞書《ことばがき》に「藤原《ふじわらの》朝臣《あそん》広嗣《ひろつぐ》、桜花を娘子に贈る歌一首」とあります。

「ひとよ」は、花びらの一片のことです。一枝という説もあります。「おほろかにすな」は、なおざりに思うな、あるいは、いいかげんに思うな、という意味です。

藤原広嗣は、自らの恋心を籠めた、桜の花を添えて、乙女に歌を贈ったのです。広嗣は、「この桜の花びらの内には、あなたに恋しい思いを伝える、さまざまな言葉が籠っています。桜の花は、何も言いませんが、私の恋心を表すものとして、疎かに考えないで、受け取って下さい」と、自らの心を語っているのです。当時、桜の花びらには、言霊が籠るものと思われたので、乙女に贈ったのです。

そして、乙女は、藤原広嗣に返し歌を詠んでいます。

この花の　ひとよの内は　百種の
言持《こと も》ちかねて　折らえけらずや
（『万葉集』一四五七）

この花の一片の花びらの内は、あなたの思いが籠められた、さまざまな言葉を持つことができなくて、桜の花が折れたのではないか。

この乙女は、一片の花びらには、さまざまな言葉が籠っている、あなたの恋心の重さに耐えきれずに桜の花が折れたのではないか、と戯れて詠んでいます。また、「百種の言」に籠る恋心の強さに折れて、愛を受け入れますという意味も、それとなく言っていると思います。

このように当時の桜は、言霊が籠る花であり、穀物の実りも告げる特別なものと思われたのです。

うちなびく　春さり来《く》らし　山のまの
遠き木末《こぬれ》の　咲き行く見れば
（『万葉集』一八六五）

春が来たらしい、山間の遠い木の梢（の花）が段々、咲いていくのを見ると。

「うちなびく」は、「春」にかかる枕詞です。「春さり」の「さり」（「去る」の連用形）は、来る、あるいは行くという意味で、この歌では、来るという意味です。

この歌は、『万葉集』の巻第十の春の雑の歌で、この歌の前後の歌が桜花を詠んでいるので、遠い木の梢の花は、桜の花であると思います。

桜の花は、人里に春の訪れを知らせる、予兆の花でもありました。

三―二　「稀なる人」の前兆

あだなりと　名にこそ立てれ　桜花
年にまれなる　人も待ちけり

（『古今和歌集』六二）

薄情だと評判になっているが、桜の花が年にめったに来ない人も（散りもせずに）待っていたなあ。

この歌の詞書に、

桜の花のさかりに、久しく訪《とぶら》はざりける人の来たりける時によみける。

桜の花が盛りに咲く頃に、久しく訪れて来なかった人が来た時に詠んだ（歌）。

とあります。「あだなり」は、薄情である、という意味です。「名こそ立てれ」は、評判になっているが、という意味です。

当時の人は、桜の花が、賞美する人の心を思い遣ることなく、咲いたと思ったら、いつのまにか、散るのを急ぐかのように散ってしまうので、薄情な花と思ったのです。

桜の植えてある宿の主は、久しく来なかった人が訪れて来た喜びを桜の花に託し、めったに訪れて来なかった人を散りもせずに待っていたと感嘆したのです。桜の花は、「稀なる人」の訪れを知らせる花でもあったのです。

わがやどの　花見がてらに　来る人は
散りなむのちぞ　恋しかるべき
（『古今和歌集』六七）

わが家の桜の花を見るついでに訪れて来る人は、花が散ってしまった後は（もう訪れて来ないから）、その人を恋しく思うだろう。

この歌の詞書に、

桜の花の咲けりけるを見にまうで来たりける人に、よみておくりける。

桜の花が咲いたのを見に来ました人に、詠んで贈った（歌）。

とあります。

女性は、花が散ったあとは、男性が訪れもしないので、皮肉の意味を籠めて、「あなたのことを恋しく思うだろう」と詠んだ歌を、男性に贈ったのです。言わば、恋を過ぎ去った出来事にしているのです。

「花見がてらに来る人」は、家に訪れて来ることが「稀なる人」で、桜の花は稀なる人を連想させる花であったのです。

三―三　穀神《さがみ》の宿る花

今でも人は、早春になると、桜前線などと言って、他の花以上に桜の開花に興味・関心を示します。

農業に携わる人は、桜の開花の頃、稲作の準備などをしています。古くはその開花同時に農作業を開始した「種蒔桜《たねまきざくら》」と呼ばれる桜の木が各地域にありました。

また、桜の語源は農業と関わりが深いとも考えられます。

「サクラ」の「サ」が稲の霊、あるいはヒエやアワなどの穀物の霊を意味することは前述しました（P.67）。「クラ」は穀霊の宿る「座」のことです。

「桜」の花は、稲の霊、あるいは、穀物の霊が依り代にする花であったのです。
そして、「サ」の神のことを「サガミ」（穀神）とも言います。桜の花はサガミの宿る花であり、それを迎える憑代《よりしろ》の花であったのです。つまり、桜の花は稲の花、あるいは穀物の花を象徴していたのです。

いでて見る　向かひの岡に　本繁く
咲きたる花の　成らずは止まじ

（『万葉集』一八九三）

外に出て見ると、向かいの岡に、根もとまでびっしりと咲いている花のように、（稲が実を結ばないならば）そのままで終わらないようにしよう。（豊かな実りにさせるのだ）

「いでて見る　向かひの岡に　本繁く　咲きたる花の」は、「成ら」（成る）を導く「序詞」になっています。「成らずは」は、実現しないならば、という意味で、稲の実りがないならば、ということです。
この歌は、向かいの岡に、根もとまでびっしりと咲いている花のように、稲が豊かに実ることを願っています。

また、「咲きたる花」の花を、毛桃と解釈する人もいます。

見てのみや　人に語らむ　さくら花
手ごとに折りて　いへづとにせむ

（『古今和歌集』五五）

ただ見てばかりで、（桜の花の美しさを）人に語ることができるだろうか、いや、できない。桜の花。それぞれ、手で折り取って、家への土産にしよう。

この歌の詞書に、

山の桜を見てよめる

山の桜を見て詠んだ（歌）。

とあります。

人々は山桜の花をただ見るばかりでは、人に語ることができないと思い、花をそれぞれ手折って、土産として家に持ち帰ったのです。そしてその山桜を神棚に供えたり、田に植えたりしました。

そして稲の霊、あるいは穀物の霊が山桜の花を依り代として降りて来て、豊かな実りをもたらすことを願ったのです。

山桜の花が美しく咲いていたから、土産として家に持って来た訳ではなかったのです。稲の花、あるいは、穀物の花が桜の花のように咲くようにという願いもあったのです。それを「感染呪術」と言います。人々は、単に山の桜の「お花見」のために山に出掛けた訳ではなかった、ということです。

四　桜の花見は、豊穣の予祝

かつて桜の花見には、その年の稲や穀物などの実りを占うという意味がありました。言わば、花見で「国見」をしていたのです。この国見は、桜の花が咲く辺り一帯を見るという意味です。

当時の人は、岡の上や山の上などで国見をし、桜の花で穀物の実りを予兆し、豊穣を祈願したのです。そして、人は、稲の霊などが宿る桜の花を褒め称えたのです。

当時の人は、言葉には霊力があり、言葉で言った内容の通りに、物事が実現されると信じていました。そして、言葉の使い方によって、人間の幸・不幸が左右されると考えました。つまり、「言霊信仰」があったのです。人は言葉で誉めることが大事で、良い言葉を口に出して言っていると、事が良い方向に運ぶと信じていたのです。現代でも、悪い言葉ばかりを口に出していると、心までも悪くなるので、悪い言葉は言わないように、と注意されることもあります。

見渡せば　春日の野辺に　霞立ち
咲きにほへるは　桜花かも

（『万葉集』一八七二）

見渡すと、春日の野原に霞がかかって、色鮮やかに咲いているのは、桜の花であるかなあ。

これは桜の花が咲く辺り一帯を見渡して、国見をしながら詠んだ歌です。

色鮮やかに美しく咲く桜の花を誉め讃え、今年も稲の実りが豊かであろうと豊穣の予祝《よしゅく》をしているのです。

やすみしし　我が大君の　聞こしをす　天の下に　国はしも　さはにあれども山川の　清き河内と　御心を　吉野の国の　花散らふ　秋津の野辺に　宮柱《みやばしら》　太敷《ふとし》きませば　ももしきの　大宮人は　船並《な》めて　朝川渡り　船競ひ　夕川渡る　この川の　絶ゆる事なく　この山の　いや高知らす　みなそそく　滝のみやこは　見れど飽かぬかも　（『万葉集』三六）

我が天皇がお治めになる天下に、国はとりわけ、たくさんあるが、山と川が清らかである河内として、御心をお寄せになる、吉野の国の秋津野に、離宮の柱を立派にお立てになるので、御所に仕える官人は、舟を並べて朝の川を渡り、舟を漕ぎ競い、夕方の川を渡る。この川の流れのように絶えることなく、この山のようにいよいよ高く、御殿を立派に建てる。水が激しく流れる、宮滝の離宮は見ていても見飽きることがないなあ。

この歌の「詞書」に、

吉野の宮に幸《こう》す時に、柿本朝臣人麻呂《かきのもとのあそんひとまろ》が作る歌

吉野の離宮に持統天皇が行幸なさる時に、柿本朝臣人麻呂の作る歌

とあります。

これは、持統《じとう》天皇が吉野の離宮に行幸《ぎょうこう》なさった時、柿本人麻呂が従駕《じゅうが》し、吉野の宮滝にあった離宮を、天皇の代わりに詠んだ歌です。言わば、人麻呂は、国見として詠んだのです。国見は、天皇が高い所に登って国土を望み見て、歌を詠んで、国土を礼賛することです。前述のように、当時の人は、言葉で言った通りに物事が実現するという言霊信仰の考えをもっていました。

人麻呂は、吉野の離宮を讃美することで天皇を誉め讃えていたのです。そこで人麻呂は、長歌という形式で、吉野の離宮を讃美したのです。また、枕詞という修辞技法を数多く用いることで、歌の内容に重厚な意味合いを持たせています。

「やすみしし」は、「我が大君」に、「御心を」は、「吉野」にかかる枕詞です。また、「花散らふ」は、「秋津」、「ももしきの」は、「大宮人」にかかる枕詞です。

我が大君がお治めになる国はとりわけたくさんあるが、河内は山と川が清らかである、と国土を讃美したのです。当時、国土というと、山と川がその代表とされていました。

次に、「花散らふ　秋津の野辺」は、実りの豊かな秋津の野辺と、国土を賛美しています。

ここで「花散らふ」という言葉がもつ意味合いについて考えてみます。

当時の人は、花が散り続けることを、生命の発現であると思っていたのです。人は、稲の霊が宿る桜の花が散り続けるのは、稲の花が満開になり、豊かな実りを予兆するものと考えました。つまり、「花散らふ」は、稲の豊かな実りを予兆する言葉なのです。

「秋津」は「飽く津」のことで、津は、湿地帯を意味します。言わば、飽きるほど穀物の実りがある湿地帯ということです。また、秋津を穀霊の象徴と考える人もいます。

つまり「花散らふ　秋津の野辺」は、桜の花が散り続けるように、稲が豊かに実る土地である、ということです。

そして、そこに宮殿が厳めしく建てられると、大宮人が朝な夕なに川を渡って、宮仕えをする穏やかな情景が見られると讃美しているのです。

そして最後に、水が激しく流れ出る宮滝の離宮は、見ていても見飽きることがない、素晴らしい国土であるなあ、と国誉めをしたのです。

さて、長歌のあとには、反歌を詠み添える場合があります。反歌は長歌の内容を要約、あるいは補足などした短歌形式の歌などのことを言います。この場合、次の反歌が詠まれています。

見れど飽かぬ　吉野の川の　常滑《とこなめ》の
絶ゆることなく　またかへり見む
（『万葉集』三七）
いくら見ても見飽きない吉野の川が常滑のように、絶えることなく再び戻って来て、滝の離宮を見たい。

「見れど飽かぬ　吉野の川の　常滑の」は、「絶ゆることなく」を導く序詞です。

この反歌は、長歌の最後の七・七の句「見れど飽かぬかも」を詠み込んだ序詞の中で吉野の川を讃美することで、宮滝の離宮という国土を礼賛しているのです。

「やすみしし　我が大君の」の長歌には、稲穂の豊かな実りの予兆を見るため、「吉野の国の花散らふ　秋津の野辺に」と、桜の花が散るのをながめる花見であったことがわかります。言わば、桜の花が散るのをながめる花見は、稲の豊作を祈願する神事であったのです。

当時の人は、桜の花が散り続けるのをながめて、桜が生命を全うしたと感受し、稲の花も生命を全うして、豊かな実りをもたらすと予見しました。そこで、当時の人は、「花祭り」という神事を行ったのです。桜の花が散るのを祭る信仰があったのです。

それに対して、桜の花が散らないで、いつまでも咲くのを祭るという神事もありました。当時、桜の花は「穀神」（さがみ）の宿る花であるので、雨や風などで散らないで欲しいという願いもあったのです。そこで、穀神が桜の花に留まるように願う神事「鎮花祭」（やすらい祭り）を陰暦の三月に行ったのです。

「花祭り」「鎮花祭」のどちらも、稲の豊かな実りを予祝《よしゅく》するものでした。

五　桜の花に見る人生観

五―一　散る「桜」の花

当時、桜の花が散ることに人生を見る人もいたようです。散る桜の花に人生を重ねたのです。

桜花　時は過ぎねど　見る人の
恋の盛りと　今し散るらむ
（『万葉集』一八五五）

桜の花は、咲く時期は過ぎてはいないが、見る人が桜の花を盛んに愛でて惜しむ時として、今こそ、散っているだろう。

原文が万葉仮名で書かれているので、「恋の盛り」が「恋ふる盛り」になっている本もあります。「恋の盛り」は、恋慕の情が盛んに引かれる時、という意味で、人が桜の花を盛んに賞美する時のことです。

当時の人は、桜の花が咲く時期であっても、散りながら生の輝きを失ってゆくさまを思い浮かべていたのです。人は、散る花に生の儚さを痛感するが故に、滅びの美を感じたのです。

いざ桜　われも散りなむ　ひとさかり
ありなば人に　憂きめ見えなむ
（『古今和歌集』七七）

さあ、桜よ。私も散ってしまおう。一時の盛んな事があったならば、（却って）人に嫌な姿を見せることになるだろう。

この歌の詞書に、

雲林院《うんりんいん》にて桜の花をよめる

雲林院で、「桜」の花を詠んだ（歌）。

とあります。

「ひとさかり」は、一時の盛りという意味で、ひところの人生の盛りのことです。「憂きめ」は、辛いこと、あるいは嫌なあり様、という意味です。

この歌の作者は、美しく咲いた桜の花がいつの間にか散る潔さに憧れを抱いて、「さあ、桜よ」

と、親しみを籠めて呼び掛けています。そして、この世もわが身も、絶えず移り変わってゆくという儚さ、あるいは無常を考えながら、桜の花が散るのを賞美しているのです。

つまり、人が生に執着して散ることもなく生き続け、もののあわれを感じることもない、嫌な生き方になり、却って、人に惨めな姿を見せることになると詠んだのです。

うつせみの　世にも似たるか　花桜
咲くと見しまに　かつ散りにけり

（『古今和歌集』七三）

儚い人の世にも似ているなあ、桜の花よ。咲くと見た間に、同時に一方では散っていたなあ。

「うつせみ」は、この世の人、あるいはこの世、という意味があります。また、蝉の抜け殻（空蝉）という意味もあります。ここでは抜け殻という意味の連想から「世」にかかって、儚い世を表しています。「花桜」は、「花」を強調するため、「花の桜」と言ったのだと考えられます。

この歌の作者は、花桜の落花に何か、儚さ、あるいは無常を感じて、人の世に似ていると慨嘆しているのです。桜の花に人生観を見たのです。

現代でも「花の命は短くて」というように花が人の命の儚さを表すために使われています。

五－二　花の色は、人の色

花見れば　心さへにぞ　移りける
色にはいでじ　人もこそ知れ

（『古今和歌集』一〇四）

（咲き、かつ衰える）花を見ると、自分の心までも変わったなあ。（心が変わったことを）顔色には出すまい、（そのことを）人が知ると困るなあ。

この歌の詞書に、

うつろへる花を見てよめる

色があせてゆく花を見て詠んだ（歌）

とあります。

「色にはいでじ」の「色」は、顔色、あるいは、表情、という意味で、顔色には出すまい、あるいは、顔色に表すまい、という意味です。「人もこそ知れ」の「もこそ」は、するといけない、あるいはすると困る、という意味で、人が知ると困る、ということです。

作者は、色あせてゆく花を見ていると、儚さや寂しさなどを痛感したので、自分の心までも変わったなあ、と驚いているのです。

また、作者は色あせてゆく花を見て心が変わる人を、物事を深く考えない軽薄な人間であると思っています。心の中で思っていることが顔色や素振りに表れ、人が知ると困るなあ、と不安な気持ちになっているのです。

六　桜と雪の関連性

当時の人は、桜の花が散るのを雪に見立てて、歌に詠んでいました。

六一一　散る桜は、雪の見立て

み吉野の　山辺に咲ける　桜花
雪かとのみぞ　あやまたれける

吉野の山の辺に咲いている桜の花は、まるで雪かとばかり見間違えてしまったなあ。

（『古今和歌集』六〇）

当時の人は、吉野の奥深い山々はさまざまな神が籠っている所で、しかも天皇の宮滝の離宮のある、神聖な地であると考えていました。そこで、吉野の地を接頭語の「み」の美称で敬って、「み吉野」と言ったのです。

み吉野の地は、春でも山肌などに雪が降り残っているので、遠目から見ると山の辺に咲く山桜の花が木々に積もった雪に見えたのです。この山桜は、本居宣長《もとおりのりなが》が愛好したと言われる「大和桜」のことであると思います。この山桜は、今の桜よりも白っぽく、小さい花が咲きます。

山深い吉野の山の辺で、山桜の枝に雪のような花が咲く情景は、清涼な空気が漂って来るようです。

駒並《こまな》めて　いざ見にゆかむ　故里《ふるさと》は
雪とのみこそ　花は散るらめ

（『古今和歌集』一一一）

馬を連ねて、さあ見に行こう。なじみの土地は、雪とばかりに花は、今ごろ散っているだろう。

「故里」は、以前住んでいた、あるいは、行ったことのある土地のことで、なじみのある土地という意味です。「花は散るらめ」の「花」は、桜の花のことでしょう。

早春、以前なじみの土地でながめた桜の花が散る情景を思い出し、今頃、花びらが雪とばかりに散っているだろう、と気が急いたのです。早くなじみの土地に行かないと、桜の花が散って、春は過ぎ去ってしまう。そこで気の合う親しい者達が、馬を連ねて、さあ、見に行こうと、誘い合っているのです。

当時の人は、散る桜の花びらの美を惜しみ、過ぎゆく春を惜しんでは、懐旧の情に駆られていたのです。

六—二　雪は、豊年の予兆

新しき　年の初めに　豊《とよ》の年
兆《しる》すとならし　雪の降れるは

新しい年の初めに、豊作の前触れを現わすと思うらしい、雪が降り積もっているのは。

（『万葉集』三九二五）

「豊の年」の「年」は、穀物、あるいは稲の実りという意味です。そして、「豊の年」で豊年、あるいは豊作という意味です。「兆すとならし」の「兆す」は、予兆、あるいは前触れを意味しています。また、「とならし」は、と思うのであるらしい、という意味です。

当時の人は、改まった年の初めに雪が降り積もっているのは、稲の実りが豊かなことの予兆であると思っていたのです。

また、当時、雪が降り積もった模様によって、稲の実りがよいかも占っていました。

御食向《みけむか》ふ　南渕山《みなぶちやま》の　巌には
降りしはだれか　消え残りたる

（『万葉集』一七〇九）

南渕山の山肌の岩には、降った「班雪《はだれゆき》」が消え残ったのか。

「御食向ふ」は、「南渕山」にかかる枕詞です。
「はだれ」は班雪のことで、薄くまだらに降り積もる雪のことです。
当時、人は、山肌の岩に班雪が消え残っていると、その年の稲の実りが豊かなことの予兆であると思っていました。早春の頃、雪が山肌に降り積もった模様にも関心をもったことには、そんな理由があったのです。

時知らぬ　山は富士の嶺　いつとてか
鹿の子まだらに　雪の降るらむ

（『新古今和歌集』一六一六）

時節を知らない山は、富士の山である。何時と思ってか、鹿のように茶褐色の山肌に白い斑点で雪が降り積もっているのであろうか。

この歌の詞書に、

五月のつごもりに、富士の山の雪白く降れるを見てよみ侍りける

五月の下旬に、富士の山が雪白く降り積もっているのを見て詠みました（歌）。

とあります。

「鹿の子まだらに」は、鹿のように茶褐色の地に白い斑点のあることです。富士の嶺の、茶褐色の山肌に白い斑点で雪が降り積もっている情景です。

夏の五月の下旬、富士の山肌に降り積もっている雪を望み見て、季節をいつと思ってか、と驚いているのです。そして、稲の豊かな実りがあることを願っています。

当時の人は、雪を縁起の良いものとして考えていたので、降ることを願っていました。

新しき　年の初めの　初春の
今日降る雪の　いやしけよごと

（『万葉集』四五一六）

新しい年の初めの初春の、今日降る雪、その雪のように、ますます度重なれ、めでたい事が。

この歌は詞書に、「因幡の国司《こくし》になって、初めて迎えた新年の宴席で詠んだ歌」とあります。序詞は、実景であります。「いや」は、あるいは、ますます、という意味で、「しけ」（しく）は、度重なるという意味です。「よごと」は、良い事、あるいは、めでたい事、という意味です。

雪が降るのは、稲や穀物などの実りが豊かなことの予兆で、初春の今日、降り積もる雪を見て、めでたい事がますます度重なれ、と願っているのです。

この吉事《よごと》がますます度重なれ、と願うこの歌で、『万葉集』は終わっています。

『万葉集』の名を「万《よろづ》の言の葉を寿《ことほ》ぐ歌集」と考えると、最後を飾るのに相応しい歌であったと思います。

さて、童謡にも、「雪は、こん、こん、霰は、こん、こん」と歌うところがあります。「雪は、こん、こん」の「こん」は、「来む」で、来いという意味です。

人はかつて、稲の実りが豊かなことを予兆する雪が降るのを待ち望んでいたのです。そこで童謡で、雪は降って来い、降って来いと歌ったと考えられます。

雪といえば、雪の多い地域で行われる「雪祭り」は元々、稲の豊かな実りを予祝する神事でありました。

雪は、桜の花と同様に、「なるもの」・「なること」の前兆であったのです。殊に、雪が降るのは、稲の実りが豊かなことを予兆するものでした。

このように、日本人の日常にある言葉や風習には、さまざまな由来があるのです。

あとがき

本書は、一章から五章まで、それぞれ次のような言葉を取り上げています。
第一章　触らぬ神に祟りなし（鎮魂の民俗）
第二章　しでのたをさ（ほととぎすの民俗）
第三章　闇のうつつ（愛の民俗）
第四章　月は無情か（月の民俗）
第五章　酒なくて、何のおのれが桜かな（桜の民俗）
そして、その言葉の背後にある、人の「心」の軌跡を、奈良・平安時代に成立した『万葉集』、『古今和歌集』、『竹取物語』などを引用しながら、民俗学的な視点で考察してみました。
最後に、出版にあたり、助言を下さった株式会社ダンクの井上弘治氏をはじめ、能瀬小百合氏、編集を担当して下さった内山欣子氏、社員の方々に対し、感謝とお礼を書き留めておきます。

加藤　要

●本書で引用した和歌・随筆・日記・物語などの出典を記します。参考にしてください

頁	引用部分	作品名・巻数など	底本
		第一章	
11	いとちはやぶるかみなり～	『枕草子』九九段	『旺文社全訳古語辞典』第五版（旺文社）2018年
12	いそのかみ　古りにし恋の　神さびて～	『古今和歌集』一〇二二　巻第十九	『新潮日本古典集成〈新装版〉古今和歌集』（新潮社）2017年
13	天地の　分れし時ゆ　神さびて～	『万葉集』三一七・長歌の一部　三巻	『新潮日本古典集成〈新装版〉萬葉集　一』（新潮社）2015年
15	しきたへの　枕とよみて　寝ねらえず～	『万葉集』二五九三　十一巻	『新潮日本古典集成〈新装版〉萬葉集　三』（新潮社）2015年
16	わが背子は　相思はずとも　しきたへの～	『万葉集』六一五　四巻	『新潮日本古典集成〈新装版〉萬葉集　一』（新潮社）2015年
18	つらからば　人に語らむ　しきたへの～	『拾遺和歌集』一一九〇　巻十八：雑賀	『拾遺和歌集（岩波文庫　黄28－1）』（岩波書店）1938年
19	しきたへの　枕をまきて　妹と我と～	『万葉集』二六一五　十一巻	『新潮日本古典集成〈新装版〉萬葉集　三』（新潮社）2015年
20	そこらくに　思ひけめかも　しきたへの～	『万葉集』六三三　四巻	『新潮日本古典集成〈新装版〉萬葉集　一』（新潮社）2015年
21	よひよひに　枕定めむ　かたもなし～	『古今和歌集』五一六　巻第十一	『新潮日本古典集成〈新装版〉古今和歌集』（新潮社）2017年
25	楽浪の　国つ神の　うらさびて～	『万葉集』三三　一巻	『新潮日本古典集成〈新装版〉萬葉集　一』（新潮社）2015年
26	うらさぶる　心さまねし　ひさかたの～	『万葉集』八二　一巻	『新潮日本古典集成〈新装版〉萬葉集　一』（新潮社）2015年
27	思ひあまり　出でにしたまの　あるならむ～	『伊勢物語』一一〇段	『新潮日本古典集成〈新装版〉伊勢物語』（新潮社）2017年
28	もの思へば　沢の蛍も　わが身より～	『後拾遺和歌集』一一六二　巻二十：雑六	『後拾遺和歌集（岩波文庫　黄29－1）』（岩波書店）2019年

29	男に忘れられて侍りけるころ、〜	『後拾遺和歌集』一一六四　詞書　巻二十：雑六	『後拾遺和歌集（岩波文庫　黄29－1）』（岩波書店）2019年
30	玉葛　実ならぬ木には　ちはやぶる〜	『万葉集』一〇一　二巻	『新潮日本古典集成〈新装版〉萬葉集　一』（新潮社）2015年
31	ひさかたの　天の原より　生れ来たる〜	『万葉集』三七九の長歌の前半部　三巻	『新潮日本古典集成〈新装版〉萬葉集　一』（新潮社）2015年
31	たましひは　あしたゆうべに　たまふれど〜	『万葉集』三七六七　十五巻	『新潮日本古典集成〈新装版〉萬葉集　四』（新潮社）2015年
34	このたびは　幣もとりあへず　手向山〜	『古今和歌集』四二〇　巻第九	『新潮日本古典集成〈新装版〉古今和歌集』（新潮社）2017年
35	熱田津に　船乗りせむと　月待てば〜	『万葉集』八　一巻	『新潮日本古典集成〈新装版〉萬葉集　一』（新潮社）2015年
36	わたつみの　道触りの　神にたむけする〜	『土佐日記』	『新潮日本古典集成〈新装版〉土佐日記　貫之集』2018年
37	父母が　頭かき撫で　幸くあれと〜	『万葉集』四三四六　二十巻	『新潮日本古典集成〈新装版〉萬葉集　五』（新潮社）2015年
38	我が母の　袖もちなでて　わが故に〜	『万葉集』四三五六　二十巻	『新潮日本古典集成〈新装版〉萬葉集　五』（新潮社）2015年
40	君が齢も　わが齢も知るや　磐代の〜	『万葉集』一〇　一巻	『新潮日本古典集成〈新装版〉萬葉集　一』（新潮社）2015年
	中皇命、紀伊の温泉にいでます時の御歌	『万葉集』一〇　詞書　一巻	『新潮日本古典集成〈新装版〉萬葉集　一』（新潮社）2015年
41	磐代の　浜松が枝を　引き結び〜	『万葉集』一四一　二巻	『新潮日本古典集成〈新装版〉萬葉集　一』（新潮社）2015年
42	家にあれば　笥に盛る飯を　草枕〜	『万葉集』一四二　二巻	『新潮日本古典集成〈新装版〉萬葉集　一』（新潮社）2015年
43	我が背子が　着せる衣の　針目落ちず〜	『万葉集』五一四　四巻	『新潮日本古典集成〈新装版〉萬葉集　一』（新潮社）2015年
44	石見なる　高角山の　木の間ゆも〜	『万葉集』一三四　二巻	『新潮日本古典集成〈新装版〉萬葉集　一』（新潮社）2015年

44	しろたへの　袖に触れてよ　わが背子に～	『万葉集』二六一二　十一巻	『新潮日本古典集成〈新装版〉萬葉集　三』（新潮社）2015年
45	いとせめて　恋しき時は　むばたまの～	『古今和歌集』五五四　巻第十二	『新潮日本古典集成〈新装版〉古今和歌集』（新潮社）2017年
	妹が袖　別れし日より　しろたへの～	『万葉集』二六〇八　十一巻	『新潮日本古典集成〈新装版〉萬葉集　三』（新潮社）2015年
47	筑紫なる　にほふ児ゆゑに　陸奥の～	『万葉集』三四二七　十四巻	『新潮日本古典集成〈新装版〉萬葉集　四』（新潮社）2015年
48	君が行き　日長くなりぬ　山たづね～	『万葉集』八五　二巻	『新潮日本古典集成〈新装版〉萬葉集　一』（新潮社）2015年
第二章			
52	いくばくの　田を作ればか　ほととぎす～	『古今和歌集』一〇一三　巻第十九	『新潮日本古典集成〈新装版〉古今和歌集』（新潮社）2017年
55	あしひきの　山ほととぎす　をりはへて～	『古今和歌集』一五〇　巻第三	『新潮日本古典集成〈新装版〉古今和歌集』（新潮社）2017年
56	二上の　山に隠れる　ほととぎす～	『万葉集』四〇六七　十八巻	『新潮日本古典集成〈新装版〉萬葉集　五』（新潮社）2015年
59	うつそみの　人にある我れや　明日よりは～	『万葉集』一六五　二巻	『新潮日本古典集成〈新装版〉萬葉集　一』（新潮社）2015年
61	あしひきの　山辺に居れば　ほととぎす～	『万葉集』三九一一　十七巻	『新潮日本古典集成〈新装版〉萬葉集　五』（新潮社）2015年
62	五月待つ　山ほととぎす　うちはぶき～	『古今和歌集』一三七　巻第三	『新潮日本古典集成〈新装版〉古今和歌集』（新潮社）2017年
63	卯の花の　咲く月立ちぬ　ほととぎす～	『万葉集』四〇六六　十八巻	『新潮日本古典集成〈新装版〉萬葉集　五』（新潮社）2015年
65	信濃なる　須我の荒野に　ほととぎす～	『万葉集』三三五二	『新潮日本古典集成〈新装版〉萬葉集　四』（新潮社）2015年
66	いつのまに　五月来ぬらむ　あしひきの～	『古今和歌集』一四〇　巻第三	『新潮日本古典集成〈新装版〉古今和歌集』（新潮社）2017年

69	雨つつみ　常する君は　ひさかたの〜	『万葉集』五一九　四巻	『新潮日本古典集成〈新装版〉萬葉集　一』（新潮社）2015年
70	花の色は　うつりにけりな　いたづらに〜	『古今和歌集』一一三　巻第二	『新潮日本古典集成〈新装版〉古今和歌集』（新潮社）2017年
72	わが夫子が　国へましなば　ほととぎす〜	『万葉集』三九九六　十七巻	『新潮日本古典集成〈新装版〉萬葉集　五』（新潮社）2015年
74	ほととぎす　夜声なつかし　網ささば〜	『万葉集』三九一七　十七巻	『新潮日本古典集成〈新装版〉萬葉集　五』（新潮社）2015年
75	五月待つ　花橘の　香をかげば〜	『古今和歌集』一三九　巻第三	『新潮日本古典集成〈新装版〉古今和歌集』（新潮社）2017年
75	橘の　匂へる香かも　ほととぎす〜	『万葉集』三九一六　十七巻	『新潮日本古典集成〈新装版〉萬葉集　五』（新潮社）2015年
77	古に　恋ふらむ鳥は　ほととぎす〜	『万葉集』一一二　二巻	『新潮日本古典集成〈新装版〉萬葉集　一』（新潮社）2015年
78	ほととぎす　はつこゑ聞けば　あぢきなく〜	『古今和歌集』一四三　巻第三	『新潮日本古典集成〈新装版〉古今和歌集』（新潮社）2017年
78	あをによし　奈良の都は　古りぬれど〜	『万葉集』三九一九　十七巻	『新潮日本古典集成〈新装版〉萬葉集　五』（新潮社）2015年
80	ほととぎす　鳴く声聞けば　わかれにし〜	『古今和歌集』一四六　十七巻	『新潮日本古典集成〈新装版〉古今和歌集』（新潮社）2017年
81	藤原高経朝臣の身まかりてまたの年の夏、〜	『古今和歌集』八四九　巻第十六	『新潮日本古典集成〈新装版〉古今和歌集』（新潮社）2017年
82	なき人の　宿に通はば　ほととぎす〜	『古今和歌集』八五五　巻第十八	『新潮日本古典集成〈新装版〉古今和歌集』（新潮社）2017年
83	しでの山　越えてや来つる　ほととぎす〜	『拾遺和歌集』一三〇七　巻二十：哀傷	『拾遺和歌集（岩波文庫　黄28-1）』（岩波書店）1938年
85	やすみしし　我が大君の　高知らす〜	『万葉集』九二三　六巻	『新潮日本古典集成〈新装版〉萬葉集　二』（新潮社）2015年
87	み吉野の　象山の際の　木末には〜	『万葉集』九二四　六巻	『新潮日本古典集成〈新装版〉萬葉集　二』（新潮社）2015年

88	ぬばたまの　夜の更け行けば　久木生ふる～	『万葉集』九二五　六巻	『新潮日本古典集成〈新装版〉萬葉集　二』（新潮社）２０１５年
90	ほととぎすは、なほさらにいふべきかたなし。～	『枕草子』四十一段	『新潮日本古典集成〈新装版〉枕草子　下巻』（新潮社）２０１７年
第三章			
94	むばたまの　闇のうつつは　さだかなる～	『古今和歌集』六四七　巻第十三	『新潮日本古典集成〈新装版〉古今和歌集』（新潮社）２０１７年
98	音羽山　音にききつつ　逢坂の～	『古今和歌集』四七三　巻第十一	『新潮日本古典集成〈新装版〉古今和歌集』（新潮社）２０１７年
99	人しれぬ　わが通ひ路の　関守は～	『伊勢物語』五段	『新潮古典集成〈新装版〉伊勢物語』（新潮社）２０１７年
100	音にのみ　聞けばかなしな　ほととぎす～	『蜻蛉日記』	『新潮古典集成〈新装版〉蜻蛉日記』（新潮社）２０１７年
103	初雁の　はつかに声を　聞きしより～	『古今和歌集』四八一　巻第十一	『新潮日本古典集成〈新装版〉古今和歌集』（新潮社）２０１７年
	秋風に　初雁が音ぞ　聞こゆなる～	『古今和歌集』二〇七　巻第四	『新潮日本古典集成〈新装版〉古今和歌集』（新潮社）２０１７年
104	春日野の　雪間をわけて　生ひ出でくる～	『古今和歌集』四七八　巻第十一	『新潮日本古典集成〈新装版〉古今和歌集』（新潮社）２０１７年
105	見ずもあらず　見もせぬ人の　恋しくは～	『古今和歌集』四七六　巻第十一	『新潮日本古典集成〈新装版〉古今和歌集』（新潮社）２０１７年
107	籠もよ　み籠持ち　ふくしもよ～	『万葉集』一　一巻	『新潮日本古典集成〈新装版〉萬葉集　一』（新潮社）２０１５年
109	他国に　よばひに行きて　太刀が緒も～	『万葉集』二九〇六　十二巻	『新潮日本古典集成〈新装版〉萬葉集　三』（新潮社）２０１５年
111	むかし、男、逢ひがたき女に逢ひて、～	『伊勢物語』五十三段	『新潮古典集成〈新装版〉伊勢物語』（新潮社）２０１７年
112	東雲の　ほがらほがらと　明けゆけば～	『古今和歌集』六三七　巻第十三	『新潮日本古典集成〈新装版〉古今和歌集』（新潮社）２０１７年

113	しののめの　別れを惜しみ　われぞまづ～	『古今和歌集』六四〇　巻第十三	『新潮日本古典集成〈新装版〉古今和歌集』（新潮社）２０１７年
114	有明の　つれなくみえし　別れより～	『古今和歌集』六二五　巻第十三	『新潮日本古典集成〈新装版〉古今和歌集』（新潮社）２０１７年
116	あひ見ての　後の心に　くらぶれば～	『拾遺和歌集』七一〇　巻十二：恋二	『拾遺和歌集（岩波文庫　黄28－１）』（岩波書店）１９３８年
117	君や来し　われや行きけむ　おもほえず～	『古今和歌集』六四五　巻第十三	『新潮日本古典集成〈新装版〉古今和歌集』（新潮社）２０１７年
	業平朝臣の伊勢国にまかりたりける時、～	『古今和歌集』六四五　詞書　巻第十三	『新潮日本古典集成〈新装版〉古今和歌集』（新潮社）２０１７年
118	かきくらす　心の闇に　まどひにき～	『古今和歌集』六四六　巻第十三	『新潮日本古典集成〈新装版〉古今和歌集』（新潮社）２０１７年
119	さ夜ふけて　天のと渡る　月かげに～	『古今和歌集』六四八　巻第十三	『新潮日本古典集成〈新装版〉古今和歌集』（新潮社）２０１７年
121	夜さりは、三日の夜なれば、～	『落窪物語』より	『新潮日本古典集成〈新装版〉落窪物語』（新潮社）２０１７年
122	三日の餅の御祝あり、餅をかはらけにもり～	『古事類苑』	『古事類苑．礼式部十四』（神宮司庁）神宮司庁古事類苑出版事務所編
123	四五日ありてぞ御ところあらはしありける。	『栄華物語』　13・ゆふしで	『三条西家本栄花物語　中巻（岩波文庫　黄20－２）』（岩波書店）１９３２年
124	いみじう仕立てて婿どりたるに、～	『枕草子』第二四八段	『新潮日本古典集成〈新装版〉枕草子　下巻』（新潮社）２０１７年
126	心短く、人忘れがちなる婿の、常に夜離れする。	『枕草子』第一五七段	『新潮日本古典集成〈新装版〉枕草子　下巻』（新潮社）２０１７年
127	君待つと　吾が恋ひ居れば　我が屋戸の～	『万葉集』四八八　四巻	『新潮日本古典集成〈新装版〉萬葉集　一』（新潮社）２０１５年
128	風をだに　恋ふるはともし　風をだに～	『万葉集』四八九　四巻	『新潮日本古典集成〈新装版〉萬葉集　二』（新潮社）２０１５年
129	わが背子が　来べき宵なり　ささがにの～	『古今和歌集』一一一〇　墨滅歌	『新潮日本古典集成〈新装版〉古今和歌集』（新潮社）２０１７年

番号	歌・本文	出典	底本
130	今しはと　わびにしものを　ささがにの～	『古今和歌集』七七三　巻第十五	『新潮日本古典集成〈新装版〉古今和歌集』（新潮社）2017年
131	わがつまは　いたくこひらし　飲む水に～	『万葉集』四三二二　二十巻	『新潮日本古典集成〈新装版〉萬葉集　五』（新潮社）2015年
132	朝影に　わが身はなりぬ　たまかぎる～	『万葉集』二三九四　十二巻	『新潮日本古典集成〈新装版〉萬葉集　三』（新潮社）2015年
133	夕占にも　占にも告れる　今夜だに～	『万葉集』二六一三　十一巻	『新潮日本古典集成〈新装版〉萬葉集　三』（新潮社）2015年
134	夕占問ふ　わが袖に置く　白露を～	『万葉集』二六八六　十一巻	『新潮日本古典集成〈新装版〉萬葉集　三』（新潮社）2015年
135	思はずも　まことあり得むや　さ寝る夜の～	『万葉集』三七三五　十五巻	『新潮日本古典集成〈新装版〉萬葉集　四』（新潮社）2015年
136	うたたねに　恋しき人を　見てしより～	『古今和歌集』五五三　巻第十二	『新潮日本古典集成〈新装版〉古今和歌集』（新潮社）2017年
137	現には　さもこそあらめ　夢にさへ～	『古今和歌集』六五六　巻第十三	『新潮日本古典集成〈新装版〉古今和歌集』（新潮社）2017年
138	さむしろに　衣かたしき　こよひもや～	『古今和歌集』六八九　巻第十四	『新潮日本古典集成〈新装版〉古今和歌集』（新潮社）2017年
	第四章		
143	心なき　秋の月夜の　もの思ふと～	『万葉集』二二二六　十巻	『新潮日本古典集成〈新装版〉萬葉集　三』（新潮社）2015年
145	天橋も　長くもがも　高山も　高くもがも～	『万葉集』三二四五　十三巻	『新潮日本古典集成〈新装版〉萬葉集　四』（新潮社）2015年
146	逢ふことも　涙に浮かぶ　わが身には～	『竹取物語』	『新潮日本古典集成〈新装版〉竹取物語』（新潮社）2014年
147	屋の上に飛ぶ車を寄せて、（天人が）～	『竹取物語』	『新潮日本古典集成〈新装版〉竹取物語』（新潮社）2014年
149	この児のかたちのきよらなること、～	『竹取物語』	『新潮日本古典集成〈新装版〉竹取物語』（新潮社）2014年

150	天人の中に、持たせたる箱あり～	『竹取物語』	『新潮日本古典集成〈新装版〉竹取物語』（新潮社）2014年
152	御衣をとりいでて着せむとす。その時に、～	『竹取物語』	『新潮日本古典集成〈新装版〉竹取物語』（新潮社）2014年
154	月読みの　光を清み　神島の～	『万葉集』三五九九　十五巻	『新潮日本古典集成〈新装版〉萬葉集　四』（新潮社）2015年
155	いとどこの世のものならず、～	『源氏物語』桐壺	『新潮日本古典集成　源氏物語　一』（新潮社）1976年
157	春のはじめより、かぐや姫、月のおもしろう～	『竹取物語』	『新潮日本古典集成〈新装版〉竹取物語』（新潮社）2014年
158	その十三日の夜、月いみじくくまなく～	『更級日記』	『新潮日本古典集成〈新装版〉竹取物語』（新潮社）2014年
159	形見にとまりたる幼き人々を左右に～	『更級日記』	『新潮日本古典集成〈新装版〉更級日記』（新潮社）1980年
161	木の間より　もりくる月の　かげ見れば～	『古今和歌集』一八四　巻第四	『新潮日本古典集成〈新装版〉古今和歌集』（新潮社）2017年
162	月みれば　ちぢにものこそ　かなしけれ～	『古今和歌集』一九三　巻第四	『新潮日本古典集成〈新装版〉古今和歌集』（新潮社）2017年
163	嘆けとて　月やは物を　思はする～	『千載和歌集』九二六・巻十五：恋五	『千載和歌集（岩波文庫　黄132-1）』（岩波書店）1986年
164	ひとり寝の　わびしきままに　起き居つつ～	『後撰和歌集』六八四・巻十：恋二	『後撰和歌集（岩波文庫黄27-1）』（岩波書店）1945年
165	雲の上も　涙にくるる　秋の月～	『源氏物語』桐壺	『新潮日本古典集成　源氏物語　一』（新潮社）1976年
167	振りさけて　三日月みれば　一目見し～	『万葉集』九九四　六巻	『新潮日本古典集成〈新装版〉萬葉集　二』（新潮社）2015年
	月立ちて　ただ三日月の　眉根掻き～	『万葉集』九九三　六巻	『新潮日本古典集成〈新装版〉萬葉集　二』（新潮社）2015年
168	秋の夜の　月かも君は　雲隠り～	『万葉集』二二九九　十巻	『新潮日本古典集成〈新装版〉萬葉集　三』（新潮社）2015年

169	月かげに　わが身をかふる　ものならば～	『古今和歌集』六〇二　巻第十二	『新潮日本古典集成〈新装版〉古今和歌集』（新潮社）2017年
170	あしひきの　山より出づる　月待つと～	『万葉集』三〇〇二　十二巻	『新潮日本古典集成〈新装版〉萬葉集　三』（新潮社）2015年
171	月夜には　来ぬひと待たる　かきくもり～	『古今和歌集』七七五　巻第十五	『新潮日本古典集成〈新装版〉古今和歌集』（新潮社）2017年
172	あしひきの　山を木高み　夕月を～	『万葉集』三〇〇八　十二巻	『新潮日本古典集成〈新装版〉萬葉集　三』（新潮社）2015年
173	月夜よし　夜よしと人に　告げやらば～	『古今和歌集』六九二　巻第十四	『新潮日本古典集成〈新装版〉古今和歌集』（新潮社）2017年
174	やすらはで　寝なましものを　さ夜更けて～	『後拾遺和歌集』六八〇　巻十二：恋二	『後拾遺和歌集（岩波文庫　黄29-1）』（岩波書店）2019年
第五章			
177	狩はねむごろにもせで、酒をのみ飲みつつ、～	『伊勢物語』八二段	『新潮古典集成〈新装版〉伊勢物語』（新潮社）2017年
180	梅の花　今咲けるごと　散り過ぎず～	『万葉集』八一六　五巻	『新潮日本古典集成〈新装版〉萬葉集　二』（新潮社）2015年
181	梅の花　今盛りなり　思ふどち～	『万葉集』八二〇　五巻	『新潮日本古典集成〈新装版〉萬葉集　二』（新潮社）2015年
	梅の花　夢に語らく　風流びたる～	『万葉集』八五二　五巻	『新潮日本古典集成〈新装版〉萬葉集　二』（新潮社）2015年
182	わが園に　梅の花散る　ひさかたの～	『万葉集』八二二　五巻	『新潮日本古典集成〈新装版〉萬葉集　二』（新潮社）2015年
183	散りぬとも　香をだにのこせ　梅の花～	『古今和歌集』四八	『新潮日本古典集成〈新装版〉古今和歌集』（新潮社）2017年
	人はいさ　心も知らず　ふるさとは～	『古今和歌集』四二	『新潮日本古典集成〈新装版〉古今和歌集』（新潮社）2017年
184	初瀬に詣づるごとにやどりける人の家に、～	『古今和歌集』四二	『新潮日本古典集成〈新装版〉古今和歌集』（新潮社）2017年

185	東風吹かば　にほひおこせよ　梅の花～	『拾遺和歌集』一〇〇六	『拾遺和歌集（岩波文庫　黄28－1）』（岩波書店）１９３８年
186	またや見む　交野の御野の　桜狩り～	『新古今和歌集』一一四　巻2・春歌下	『新潮日本古典集成〈新装版〉新古今和歌集　上』（新潮社）２０１８年
187	春雨は　いたくな降りそ　桜花～	『万葉集』一八七〇　十巻	『新潮日本古典集成〈新装版〉萬葉集　三』（新潮社）２０１５年
190	この花の　ひとよの内に　百種の　言そ隠れる～	『万葉集』一四五六　八巻	『新潮日本古典集成〈新装版〉萬葉集　二』（新潮社）２０１５年
191	この花の　ひとよの内は　百種の　言持ちかねて～	『万葉集』一四五七　八巻	『新潮日本古典集成〈新装版〉萬葉集　二』（新潮社）２０１５年
192	うちなびく　春さり来らし　山のまの～	『万葉集』一八六五　十巻	『新潮日本古典集成〈新装版〉萬葉集　三』（新潮社）２０１５年
193	あだなりと　名こそ立てれ　桜花～	『古今和歌集』六二	『新潮日本古典集成〈新装版〉古今和歌集』（新潮社）２０１７年
	桜の花のさかりに、久しく訪はざりける人の～	『古今和歌集』六二　詞書	『新潮日本古典集成〈新装版〉古今和歌集』（新潮社）２０１７年
194	わがやどの　花見がてらに　来る人は～	『古今和歌集』六七	『新潮日本古典集成〈新装版〉古今和歌集』（新潮社）２０１７年
	桜の花の咲けりけるを見にまうで来たりける～	『古今和歌集』六七　詞書	『新潮日本古典集成〈新装版〉古今和歌集』（新潮社）２０１７年
196	いでて見る　向かひの岡に　本繁く～	『万葉集』一八九三　第十巻	『新潮日本古典集成〈新装版〉萬葉集　三』（新潮社）２０１５年
197	見てのみや　人に語らむ　さくら花～	『古今和歌集』五五	『新潮日本古典集成〈新装版〉古今和歌集』（新潮社）２０１７年
	山の桜を見てよめる	『古今和歌集』五五	『新潮日本古典集成〈新装版〉古今和歌集』（新潮社）２０１７年
199	見渡せば　春日の野辺に　霞立ち～	『万葉集』一八七二　十巻	『新潮日本古典集成〈新装版〉萬葉集　三』（新潮社）２０１５年
200	やすみしし　我が大君の　聞こしをす～	『万葉集』三六　一巻	『新潮日本古典集成〈新装版〉萬葉集　一』（新潮社）２０１５年

201	吉野の宮に幸す時に、柿本朝臣人麻呂が作る歌	『万葉集』三六　詞書　一巻	『新潮日本古典集成〈新装版〉萬葉集　一』（新潮社）2015年
203	見れど飽かぬ　吉野の川の　常滑の～	『万葉集』三七　一巻	『新潮日本古典集成〈新装版〉萬葉集　一』（新潮社）2015年
205	桜花　時は過ぎねど　見る人の～	『万葉集』一八五五　十巻	『新潮日本古典集成〈新装版〉萬葉集　三』（新潮社）2015年
206	いざ桜　われも散りなむ　ひとさかり～	『古今和歌集』七七　巻第二	『新潮日本古典集成〈新装版〉古今和歌集』（新潮社）2017年
	雲林院にて桜の花をよめる	『古今和歌集』七七　詞書　巻第二	『新潮日本古典集成〈新装版〉古今和歌集』（新潮社）2017年
207	うつせみの　世にも似たるか　花桜～	『古今和歌集』七三　巻第二	『新潮日本古典集成〈新装版〉古今和歌集』（新潮社）2017年
208	花見れば　心さへにぞ　移りける～	『古今和歌集』一〇四　巻第二	『新潮日本古典集成〈新装版〉古今和歌集』（新潮社）2017年
	うつろへる花を見てよめる	『古今和歌集』一〇四　詞書・巻第二	『新潮日本古典集成〈新装版〉古今和歌集』（新潮社）2017年
210	み吉野の　山辺に咲ける　桜花～	『古今和歌集』六〇　巻第一	『新潮日本古典集成〈新装版〉古今和歌集』（新潮社）2017年
211	駒並めて　いざ見にゆかむ　故里は～	『古今和歌集』一一一　巻第二	『新潮日本古典集成〈新装版〉古今和歌集』（新潮社）2017年
212	新しき　年の初めに　豊の年～	『万葉集』三九二五　十七巻	『新潮日本古典集成〈新装版〉萬葉集　五』（新潮社）2015年
213	御食向ふ　南淵山の　巌には～	『万葉集』一七〇九　九巻	『新潮日本古典集成〈新装版〉萬葉集　二』（新潮社）2015年
	時知らぬ　山は富士の嶺　いつとてか～	『新古今和歌集』一六一六　巻17・雑歌中	『新潮日本古典集成〈新装版〉新古今和歌集　下』（新潮社）2018年
214	五月のつごもりに、富士の山の雪白く～	『新古今和歌集』一六一六　詞書巻17・雑歌中	『新潮日本古典集成〈新装版〉新古今和歌集　下』（新潮社）2018年
	新しき　年の初めの　初春の～	『万葉集』四五一六　二十巻	『新潮日本古典集成〈新装版〉萬葉集　五』（新潮社）2015年

【著者プロフィール】

加藤 要（カトウ カナメ）

昭和19年千葉県生まれ。國學院大學文学部文学科卒業。千葉県内の公立高等学校教諭、千葉県教育委員会社会教育主事、文化庁文化部国語課国語調査官等を経て、千葉経済大学非常勤講師。著書に『中古・中世の和歌・日記・物語論』（おうふう）がある。

なまめかし　奈良・平安の文学と日本のこころ

2021年10月26日　初刷発行

著者　加藤 要

発行者　井上弘治

発行所　**駒草出版**　株式会社ダンク　出版事業部
〒110-0016　東京都台東区台東1-7-1
邦洋秋葉原ビル2F
TEL 03-3834-9087 ／FAX 03-3834-4508
https://www.komakusa-pub.jp/

カバーデザイン　岩淵まどか（fairground）
本文デザイン　宮本鈴子（株式会社ダンク）

カバーイラスト　EN CORPORATION /amanaimages
1・3章扉イラスト　Old Image /PIXTA　KIMASA /PIXTA

印刷・製本　シナノ印刷

落丁・乱丁本はお取り替えいたします。
定価はカバーに表示してあります。

2021 Printed in Japan
ISBN978-4-909646-47-7

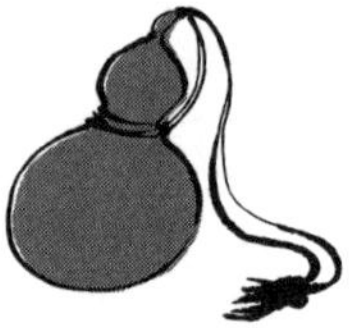